Die LYRIKEDITION 2000 wird herausgegeben von
Heinz Ludwig Arnold

Das Buch

»Aus einem früheren Leben« beschwört »abgelebte Zeiten« wieder herauf. Richard Dove legt eine Sammlung von englischsprachigen Gedichten vor, die vor allem in den Jahren 1976 bis 1986 entstanden sind. Inhaltlich setzen sie sich einerseits mit den damaligen gesellschaftlichen Umbrüchen auf der britischen Insel, andererseits mit (in erster Linie) antiken und deutschen Vorbildern auseinander. Aber auch Paris und de Sade fehlen nicht in diesem reichen Spektrum eines formgenauen und weltoffenen Dichters. Für die deutsche Fassung sorgten u.a. etliche Lyriker und Lyrikerinnen von Rang. Die Übersetzer geben damit einen Einblick in die Pluralität der Ausdrucksformen der modernen deutschsprachigen Lyrik.
Richard Dove schreibt seit seiner Übersiedlung nach München 1987 überwiegend in deutscher Sprache und veröffentlichte zuletzt 2002 den Gedichtband »Farbfleck auf einem Mondrian-Bild«, der von Durs Grünbein als »aufregendes Büchlein« begrüßt wurde.

»Richard Doves Gedichte ähneln kleinen Peilungsapparaturen, die das Chaos der Oberfläche erkunden und zugleich den feinen Stimmen der Tradition lauschen.«
Süddeutsche Zeitung

»Das ist eine sehr gute Poesie, offen für ›alles‹.«
Eugen Gomringer

Der Autor

Richard Dove, geboren 1954, wuchs in England auf und lebt jetzt in München. Gedichte von ihm erschienen in zahlreichen Zeitungen, Zeitschriften und Anthologien. Dove ist auch als Kritiker, Herausgeber sowie Übersetzer tätig und veröffentlichte u.a. »Ernst Meister, Not Orpheus. Selected Poems«, Carcanet Manchester / Alyscamps Paris 1996.

Richard Dove

Aus einem früheren Leben

Gedichte Englisch / Deutsch

LYRIKEDITION 2000

Die LYRIKEDITION 2000 ist ein Books on Demand-Verlag der Buch & medi@ GmbH, München. Dieser Verlag publiziert ausschließlich Books on Demand in Zusammenarbeit mit der Books on Demand GmbH, Norderstedt, und dem Hamburger Buchgrossisten Libri. Die Bücher werden elektronisch gespeichert und auf Bestellung gedruckt, deshalb sind sie nie vergriffen. Books on Demand sind über den klassischen Buchhandel und Internet-Buchhandlungen zu beziehen.

Weitere Informationen über den Verlag und sein Programm unter:
www.lyrikedition-2000.de

Bibliographische Information Der Deutschen Bibliothek

Die Deutsche Bibliothek verzeichnet diese Publikation in der Deutschen Nationalbibliographie; detaillierte bibliographische Daten sind im Internet über <http://dnb.ddb.de> abrufbar.

LYRIKEDITION 2000
Ein Books on Demand-Verlag der Buch & medi@ GmbH, München
© 2003 Richard Dove
Umschlaggestaltung: Bauer+Möhring, Berlin
Herstellung: Books on Demand GmbH, Norderstedt
Printed in Germany · ISBN 3-86520-032-X

I

On opening Byron's vault
Beim Öffnen von Byrons Gruft

MEDIA IN VITA
for Eugen Gottlob Winkler, 1912-36

A sly beat of the heart
you did not hear
except by chance, when twelve,
at night.

Now silence in this wood,
with distant scarlet hunters,
hatred underfoot.

MEDIA IN VITA
für Eugen Gottlob Winkler, 1912-36

Verstohlener Herzschlag,
den du nicht hörtest,
es sei denn durch Zufall, mit zwölf,
in der Nacht.

In diesem Wald jetzt Schweigen.
In der Ferne: Jäger in Scharlach.
Unter deinen Füssen: Hass.

Deutsch von Walter Helmut Fritz

A CROSS IN CHALK IS MARKED OUTSIDE

Each walk is girded round with brick; and in
Your room dead air must hold you back. A cross
In chalk is marked outside; and with each loss
Of breath you startle, mere as nerves and thin.

No holiday holds flags across the road.
No angel burns for you a patch of space
Into a place of warmth inside; your face
Casts back the sun from its unfit abode.

A dark cathedral too your heart, with room
For hate, and holy-water hastily
Put on; two arid ventricles consume

Tired blood that two have pumped; and testily
You won't look down. The night you talked around
Is boarding there, and feeding underground.

Draussen ist ein Kreuz mit Kreide angebracht

Jeder Weg ist mit Ziegelsteinen eingefaßt; und in
Deinem Zimmer hält dich tote Luft zurück. Draußen
Ist ein Kreuz mit Kreide angebracht; und dünn,
Die Nerven bloß, zitterst du, verlierst des Atems Brausen.

Kein Feiertag spannt Flaggen über die Straße.
Kein Engel brennt für dich einen Flecken Raum
Zu einem Ort innerer Wärme; deine Stirn, deine Nase
Werfen die Sonne zurück von ihrem schlechten Saum.

Auch dein Herz ein dunkler Dom, mit Platz
Für Haß, und Weihwasser hastig drauf
Getupft; zwei dürre Herzkammern verbrauchen

Müdes Blut, das zwei herauf gepumpt haben; zu ihm tauchen
Gereizt deine Blicke nicht hinab. Dort nimmt ihren Lauf
Die wortreich verdrängte Nacht, und nährt die dunkle Hatz.

Deutsch von Joachim Sartorius

Humanity
(*apologies to Pope*)

Humanity has travelled far:
A sweaty suit hung in a car.
The shadows lengthen but his horse
Of iron crushes them of course.
With fishy, bobbing eyes half fixed
On nothingness, with nought betwixt,
He might descry some wayside girl –
At pains however not to twirl
Her right around his macho thumb,
His look snaps straight, he won't succumb.
His night out with the wife looks great,
With her black dress and, well, his mate
Quite fancies her, so she's not bad,
Though that's not always how she's clad.
He thinks, grinning, of wine in bed:
He'll have his fun, he'll be well-fed;
Whispering nothings that nothing lack
He'll snuggle fingers down her back.

DER MENSCH
(Entschuldigung an Alexander Pope)

Der Mensch – er ist auf Achse schon seit Tagen:
Ein Anzug hängt verschwitzt im Firmenwagen.
Die Schatten werden länger, doch natürlich
Zermalmt sein Eisenpferd sie, ganz gebührlich.
Die fischigen Augen dieses kleinen Wichts
Schaun unstet, halb beeindruckt, auf das Nichts.
Erspäht ein Mädchen er am Straßenrand,
Fällt es ihm schwer, sie nicht sofort an Land
Zu ziehn, auf Macho-Art herumzukriegen:
Sein Blick schnappt zu, ihr wird er nicht erliegen.
Er freut sich schon, mit seiner alten Parze
Bald auszugehn; na gut, das kleine Schwarze
Trägt sie nicht immer, doch sein Kamerad
Ist ziemlich scharf auf sie; sie ist nicht fad.
Er denkt an Wein im Doppelbett und grinst:
Sein Einsatz hat sich exzellent verzinst.
Nichtiges flüsternd wird er ihren Rücken
Mit seinen kuschligen Fingerchen beglücken.

Deutsch von Richard Dove

Root creations

We met you in Heidelberg, up in a keep.
Eight years before, a storm had brought vengeance on the
world:
It had lit up a cliff stiff with parasite wood. You had carried
the tortured wood away
and carved an eerie Christ who was riding the night to death,
eyes mangers of despair.
»Man must vindicate life though extinction would be best.«
»He who hopes can never think.«
You'd dig up your dog, who was dying of cancer,
and salvage her skull as memento, as mentor.
You smiled at the folly of fortification
(›entrenched‹ and ›bug-ridden‹ are almost the same).
Beside your bed-chamber a torture-chamber:
the key wouldn't turn in the rusty lock,
but masks were hanging around us, the masks of tortured men.
On your bed three skulls, belonging to
a man who had come back from a furlough twelve hours late,
his wife, and a Heidelberg professor who had protested –
bound together with a chain. Your friends, you said.
You ground some kind of barrel-organ
and scentless petals started to fall.
Below, in the garden, they were ranged:
your children in the wanton grass.
»War's a Leviathan: crosses are growing in its mouth.«
A gaping tree-stump indicates a broken belly
for us to make into our own hell.
»Cunning comes naturally to beasts; man makes it diabolical.«
»Security is a baby in its mother's lap.«
Your figures are dominated by body.
Crushed dinosaur brow and concave eyes
and convolvulus legs and a central hurtful mouth.

WURZEL-SCHÖPFUNGEN

In Heidelberg lernten wir dich kennen, hoch oben in einem
 Bergfried.
Ein Sturm, acht Jahre zuvor, hatte seine Wut über die Welt
 gebracht:
einen Felsen, vor Parasitenholz starrend, erleuchtet. Das
 gefolterte Holz
schlepptest du weg, schnitztest einen unheimlichen Christus,
 die Nacht
in den Tod reitend, die Augen Wiegen der Verzweiflung.
»Das Leben muss man rechtfertigen, wäre doch Vernichtung
 das Beste.«
»Wer hofft, kann niemals denken.«
Deine Hündin, an Krebs verendend, grübest du aus,
behieltest den Schädel als Andenken, als Mentor.
Gelächelt hast du über die Verrücktheit von Festungen
(›verschanzt‹ und ›verwanzt‹ sind doch fast das Gleiche).
Neben deiner Schlafkammer eine Folterkammer:
der Schlüssel ließ sich im verrosteten Schloss nicht drehen,
aber um uns herum hingen Masken, Masken der Gefolterten.
Auf deinem Bett drei Schädel – sie gehörten
einem Mann, der zwölf Stunden zu spät vom Fronturlaub
 zurückkam,
seiner Frau und einem Heidelberger Professor, der protestiert
 hatte –
aneinander gekettet. Deine Freunde, sagtest du.
Du drehtest eine Art Leierkasten
und geruchlose Blütenblätter begannen zu fallen.
Da unten, im Garten aufgereiht:
deine Kinder im liederlichen Gras.
»Krieg ist ein Leviathan: Kreuze wachsen ihm im Mund.«
Ein klaffender Baumstamm suggeriert einen gespaltenen Bauch,
den machen wir zu unserer persönlichen Hölle.
»Schläue ist den Tieren angeboren; der Mensch macht sie
 teuflisch.«
»Sicherheit ist ein Kind im Schoße der Mutter.«
Deine Figuren sind vom Körper bestimmt.
Gedrängte Dinosaurierstirn und hohle Augen,
Ackerwinden-Beine und einen verletzenden Mund in der Mitte.

The first mother's hands are prodigiously big.
Old women, with crabbed but shining faces,
are resting on indifferent dogs
for nature is their crutch in the days of indifference.

for Adolf Pfrommer, Heidelberg, 1974

NIETZSCHE

Your instincts jogged the string that made you talk:
From weakness came the call to build a god,
From suffering its weightless, chainless walk.
But at no Troy your nervous hectoring:

These masters killed compassion, but when mad
You threw yourself to save a horse they whipped;
Was it your truest self, then, which forgot
And fluffed the role you wrote as your own puppet?

Die Hände der ersten Mutter verschwenderisch groß.
Alte Frauen, Gesichter mürrisch aber leuchtend,
stützen sich auf teilnahmslose Hunde,
die Natur ihre Krücke in einer Zeit ohne Teilnahme.

für Adolf Pfrommer, Heidelberg, 1974

Deutsch von Jean Boase-Beier

NIETZSCHE

Was zog den Strang, der dich zum Sprechen trieb,
wenn nicht Instinkt?
Wir baun uns Gott, denn wir sind schwach;
so machen wir aus unsrer Not
ihn leicht und kettenlos in seinem Gang.
Nur war für dich, den unermüdlich besten Feind,
kein Tod in Trojas Kampf bestimmt.

Die Meister brachten Mitleid um,
doch schütztest du im Wahn
den ausgepeitschten Droschkengaul
mit deinem eignen Leib:
War dies dein wahres Ich, das dich
so jäh die Rolle fallen ließ,
die du dir selbst als Hauptfigur geschrieben?

Deutsch von Tanja Rahneberg

DECAY
(Georg Trakl, 1887-1914)

When evening glowed, when bells were ringing peace,
I followed birds upon their wondrous flights
In long, unbroken ranks, like pious knights
Vanishing into clear autumnal space.

And as I wandered on down darkening roads,
Dreaming about their brighter destinies,
I felt the heavy hour-hand almost freeze.
And followed as they flew above the clouds.

Now, though, I shudder, breathed on by decay.
In leafless boughs a blackbird starts to moan.
On rusted lattices the red vines sway

While, like the dance of death of pallid children,
Around dark well-rims slowly worn away,
Blue asters, wind-whipped, gradually decline.

Aus dem Deutschen von Richard Dove

VERFALL
(Georg Trakl, 1887-1914)

Am Abend, wenn die Glocken Frieden läuten,
Folg ich der Vögel wundervollen Flügen,
Die lang geschart, gleich frommen Pilgerzügen,
Entschwinden in den herbstlich klaren Weiten.

Hinwandelnd durch den dämmervollen Garten
Träum ich nach ihren helleren Geschicken
Und fühl der Stunden Weiser kaum mehr rücken.
So folg ich über Wolken ihren Fahrten.

Da macht ein Hauch mich von Verfall erzittern.
Die Amsel klagt in den entlaubten Zweigen.
Es schwankt der rote Wein an rostigen Gittern,

Indes wie blasser Kinder Todesreigen
Um dunkle Brunnenränder, die verwittern,
Im Wind sich fröstelnd blaue Astern neigen.

Ditty

The dancers round
Without a sound

As one conceives
Another grieves

And smiles build
A mirror's guilt

For E.W, dead four months, after the birth of a child

A freak fall stopped your heart, and yet
It beats and now a child is born.
The earth that eats you is forlorn
Yet puts forth green, and shall abet
This birth. Your features loosen but
Its outlook grows with eyes now shut.

LIEDCHEN

Der Rundtanz dreht
Sich ohne Laut

Eine empfängt
Die andre weint

Aus Lächeln wächst
Des Spiegels Schuld

Deutsch von Richard Dove

FÜR E.W., SEIT VIER MONATEN TOT,
NACH DER GEBURT EINES KINDES

Ein tückischer Sturz hat dein Herz stillgelegt,
Doch schlägt es und ein Baby wird geboren.
Die Erde, die dich aufzehrt, ist verloren,
Schlägt aber grün aus, wird auch unentwegt
Dem Kind beistehen. Du gibst dich zurück,
Und bei geschlossnen Augen wächst sein Blick.

Deutsch von Richard Dove

Ghazal

You are not absent, are not here:
Where are remains of our desire?
No eyes where I could still exist,
No nose, no mouth, no hands, no hair.
No memories, but ghostly damp
That walks abroad, and my despair.
All others are but shades of you
To haunt me: »there is no one truer«.
All firm forms seem deathly now
As more and more you disappear.

Nolde's Princess and Beggar

I am more than these properties
cast off by time: all that she sees.

She seeks a prince – standing by her
except for soiled cloth, a bowl and hair

encasing me like the horrible skin
which Jacob had to hide his youth in.

At least I can stay here, and drink her face.
Ghost or daughter I can't embrace.

GHASEL

Du bist nicht fort und bist nicht hier.
Was blieb von unsrer süßen Gier?
Nicht Augen, drin ich leben könnt,
Nicht Hände, Haar – kein Blick von dir.
Erinnrung ist nur Geisterdampf
Der um mich streift und flieht vor mir.
Die andren alle – Schatten nur –
Umflüstern mich: Nicht treu sind *wir*!
In allen Formen seh ich Tod
Da ich dich mehr und mehr verlier.

Deutsch von Ludwig Steinherr

NOLDE'S PRINZESSIN UND BETTLER

Ich bin mehr als diese Requisiten
abgelegt von Zeit: Alles, was sie sieht.

Sie sucht einen Prinzen – der bei ihr stände,
gäbs nicht diese verschmutzten Lumpen, den Napf, die Haare,

die mich einschließen wie das furchtbare Fell
in dem Jakob seine Jugend verbergen musste.

Zumindest kann ich hier bleiben, und trinken ihr Gesicht.
Geist oder Tochter, ich kann dich nicht umarmen.

Deutsch von Jürgen Bulla

Dufy's Deauville

These promenaders lack identity
behind blind masks: for there is only sea
filling their heads above their feet of clay.

Along the pier sprout flowers of enmity.
Blank birds fly near. A rude sea mounts the sky
to show that it was all originally.

Although they pass on surely, thinking ›I‹,
gloved hands aren't dry and thoughts are watery.

The only firmness is their tower of lust,
standing upon its long authority.

The stream ...
(August von Platen, 1796-1835)

The stream that died ... that died away ... where is it now?
The song-bird I heard yesterday, where is it now?
Where is the rose my girl was wearing at her breast,
And that kiss which enchanted me, where is it now?
And that man that I was and that was long ago
Exchanged for quite a different I, where is he now?

Aus dem Deutschen von Richard Dove

Dufys Deauville

Die hier spazieren haben kein Gesicht
hinter den blinden Masken: da ist nichts
als Meer in ihren Köpfen, spült sie leer.

Entlang dem Pier sprießt Hass in Büscheln dicht.
Nur weiße Vögel flattern um sie her.
Wie rüde sich die See am Himmel bricht!

Gehn sie auch stolz und denkt ein jeder »Ich«
sind Worte doch und Hände feucht vom Meer.

Und da ist nur der Turm der Lust der spricht:
Ich steh und hab mein Recht von Urzeit her.

Deutsch von Ludwig Steinherr

Der Strom ...
(August von Platen, 1796-1835)

Der Strom, der neben mir verrauschte, wo ist er nun?
Der Vogel, dessen Lied ich lauschte, wo ist er nun?
Wo ist die Rose, die die Freundin am Herzen trug,
Und jener Kuß, der mich berauschte, wo ist er nun?
Und jener Mensch, der ich gewesen, und den ich längst
Mit einem andern Ich vertauschte, wo ist er nun?

You lover I lost / in advance ...
(Rainer Maria Rilke, 1875-1926)

You lover I lost
in advance, who never came to me,
I do not know which strains you love.
No longer try to recognize you
when what's coming surges on. All the great
images in me, the far-off landscapes I've scanned,
cities and towers and bridges and un-
expected turns in the roads,
and the force of those lands
that used to be overgrown with gods:
rise to signify
you who elude me.

Sadly, you are the gardens,
sadly I looked at them with such
great hope. A villa's
wide-open window – and you who approached
almost thinking of me. Lanes I came on –
you'd just walked down them,
and the mirrors, at times, in retailers' shops
were still dizzy with you, and gave back in fear
my too abrupt face. – Who knows if the same
bird sounded its way through us
yesterday, on our own in the evening?

Aus dem Deutschen von Richard Dove

DU IM VORAUS / VERLORNE GELIEBTE ...
(Rainer Maria Rilke, 1875-1926)

Du im Voraus
verlorne Geliebte, Nimmergekommene,
nicht weiß ich, welche Töne dir lieb sind.
Nicht mehr versuch ich, dich, wenn das Kommende wogt,
zu erkennen. Alle die großen
Bilder in mir, im Fernen erfahrene Landschaft,
Städte und Türme und Brücken und un-
vermutete Wendung der Wege
und das Gewaltige jener von Göttern
einst durchwachsenen Länder:
steigt zur Bedeutung in mir
deiner, Entgehende, an.

Ach, die Gärten bist du,
ach, ich sah sie mit solcher
Hoffnung. Ein offenes Fenster
im Landhaus –, und du tratest beinahe
mir nachdenklich heran. Gassen fand ich,-
du warst sie gerade gegangen,
und die Spiegel manchmal der Läden der Händler
waren noch schwindlich von dir und gaben erschrocken
mein zu plötzliches Bild.- Wer weiß, ob derselbe
Vogel nicht hinklang durch uns
gestern, einzeln, im Abend?

Loss
for J.C.P.

THE STATELY HOME
of staleing love:
a gong is beaten
each midday;
which window now
knocked in?
We watch the sun
arch over once again
the grass that chatters
commonly,
then break upon
baroque stone sighs.

(INFERNO XIII)

Okay, I'm a poisonous thorn
but I bleed when you
break my branches –
have you no pity?

Each of my sins of omission
will burn eternally.

Verlust
für J.C.P.

Alte Liebe

Das Lustschloß
der schalen Liebe:
jeden Mittag
der Klang eines Gongs,
welches Fenster wurde diesmal
eingeschlagen? Wir
beobachten die Sonne,
wieder wölbt sie sich über
das Gras, das schwatzt
wie gewöhnlich;
dann erlischt sie an
barocken Steinseufzern.

Deutsch von Jürgen Dziuk

(Inferno XIII)

Gewiß, ich bin ein giftiger dornenstrauch,
doch ich blute, wenn du
meine äste brichst –
hast du kein mitleid?

Jede meiner unterlassungssünden
wird brennen in ewigkeit.

Deutsch von Reiner Kunze

(TEMPUS AGER MEUS)

My field is acheing
with the planted dead
who hold the evening light
beneath the ground.

No watchman
bares his chest to take
the sharpened point of night.

HERE TOO THAT MERCENARY
who dragged your eyes away.

It was in someone else's land,
perhaps at Thermopylae.

You're consummately underground.

(TEMPUS AGER MEUS)

In meinem Feld sind
die Toten gepflanzt der
Schmerz sie hatten das
Abendlicht mitgenommen
ins Erdreich und geben
es nicht herauf

kein Wächter macht seine
Brust frei für die scharfe
Spitze der Nacht

Deutsch von Paul Wühr

AUCH HIER JENER SÖLDNER
der deine Augen einst
entführte

das war in einem anderen
Land vielleicht an
den Thermopylen am
Engpass

auf unüberbietbare
Weise bist du unter
der Erde

Deutsch von Paul Wühr

(HOLMAN HUNT: LIGHT OF THE WORLD)

No lantern
and an ivy-covered breast
beneath the striving
trees of night
that stop the sky ...
You rustle as you pass
in dusty, stage-lit enmity.

TRUST
by Temptation
out of Terror
clears the fence.

The only hurdle left
is victory.

ARENA OF YOUR LOST BELIEF:
the thistles grow on up outside;
a single gladiator
glides transparent
through some grief
and then to rest is laid.
We revenants!
Above these abject walls
the angels, in their bloody aprons,
go about a trade.

(for David Winzar, 1953-88)

LICHT DER WELT

Keine Laterne,
nur eine efeubewachsene Brust,
unter den strebsamen,
himmelverbauenden,
Bäumen der Nacht ...
Raschelnd, feindlich gesinnt
in der staubigen Bühnenbeleuchtung,
gehst du, vergehst du.

Deutsch von Richard Dove

VERTRAUEN

gezeugt von Versuchung
mit der Stute Verstörung
hat die Hürde übersprungen.
Das einzige noch verbleibende Hindernis
ist der Sieg.

Deutsch von Richard Dove

ARENA DEINES VERLORENEN GLAUBENS:

die Disteln wachsen drum herum;
ein einzelner Gladiator
gleitet unsichtbar
durch ein Gestrüpp aus Schmerz,
wird dann zur letzten Ruh gelegt.
Wir Gespenster!
Über diesen verächtlichen Mauern
machen sich die Engel
in ihren blutbefleckten Schürzen
an ihr Geschäft.

(für David Winzar, 1953-88)

Deutsch von Ludwig Steinherr

Ménage à trois

Three sisters with one eye –
the way we loved.
One sees, the others
sit
upon the shifty red settee
and clatter china
on a brightly smiling knee
and toss back
shaggy, mantic hair
and have a shattered, milky look.
How each dotes on her ecstasy –
we who were once
removed.

The heights take off
their fiery,
snow-rimmed hats
to heaven.

Heaven passes on.

Care aged you
like a Maundy coin;
the over-youthful bust
gone brown,
the date that still stands firm
upon an inch-wide sphere.

Ménage à trois

Drei Schwestern mit einem Auge –
so liebten wir.
Eine sieht, die anderen
sitzen
auf dem ruhelosen Sofa; sie
klappern mit Porzellan
auf einem satt lächelnden Knie
und werfen es zurück,
ihr struppiges Prophetenhaar,
und haben einen
zersprung'nen Blick aus Milch,
jede vernarrt in ihre Euphorie –
wir, die wir einst
entfernt wurden.

Deutsch von Jürgen Dziuk

Die Gipfel ziehen
ihre Hüte aus
schneegesäumt vom
Feuer vor dem
Himmel

der zieht achtlos
vorbei

Deutsch von Paul Wühr

Sorge liess dich altern
wie einen Ostersilberling;
das jugendschöne Brustbild
wurde flach,
das Datum ist noch immer
lesbar auf dem Rand.

Deutsch von Michael Krüger

UNREAL
as where two roads
can never meet:
our halfway house ...

THE SAPPHIC DREAM –
the fragments of reality.

OFF-BALANCE
still the dancer follows through.
And even peace will rest a while
upon a falling face.
As we go round
we recognize the same sparse ground
until snow-blind.
The seasons lap then rap against
our loosened roof of sky.

UNWIRKLICH
wie ein Ort
wo zwei Straßen
sich niemals kreuzen –
unser Haus aus Halb und Halb.

Deutsch von Richard Dove

DER SAPPHISCHE TRAUM –
des Alltags Bruchstücke.

Deutsch von Richard Dove

DER TÄNZER, schon aus dem Gleichgewicht, führt
seine rhythmische Figur noch zuende.
Sogar der Friede ruht eine Weile
auf dem Gesicht, das fällt und fällt.
Das Karussell dreht sich,
wir nehmen denselben kargen Boden
wahr und bis zur Schneeblindheit wahrer.
Die Jahreszeiten umschmeicheln, umdrohen
unser längst lockeres Himmelsdach.

Deutsch von Richard Dove

The venom held
behind sewn lips
grows slowly sweet
like fate and still
the body rises
charmed by habit's
crazy song;
in vain sometimes
one senses light
between the lids
of those closed eyes.

Das Gift lauert ...

Hinter genähten Lippen
lauert das Gift
wächst langsam-süß
wie das Verhängnis
selbst jetzt hebt sich der Körper
nach altem Brauch verzaubert
von der verrückten Melodie;
manchmal vergeblich
nimmt jemand Licht wahr
zwischen den Lidern
jener geschlossenen Augen.

Deutsch von Jürgen Dziuk

COME CLEAN,
the rival spokesman calls,
but there is death,
lodged in a single word,
unable to be tempted
by the light
once christened,
deep inside the breath
which says amen
and in the drunken voice
that whispers »All is well«.

All parts are washed
and, for the grieved,
are given permanence:
a skin of callous
understanding grows
around the blind
red surface
razed.

Heraus mit der wahrheit

Heraus mit der wahrheit,
ruft der rivale in uns,
doch da ist der tod,
der in einem einzigen wort haust,
gefeit gegen die verlockungen
des vormals getauften lichts,
tief im ateminnern,
das amen sagt,
und in der betrunkenen stimme,
die flüstert »Alles ist gut«.

Sämtliche körperteile werden gewaschen
und in den augen der trauernden
verewigt:
eine haut gefühllosen
einverständnisses wächst
rings um die blinde
rote oberfläche
ins nichts.

Deutsch von Reiner Kunze

UNRIDDEN SUNSET
canters in:
the race has finally
been run
(late flash
of falling Icarus,
a face eclipsed,
a thumbs-down
from the fat
September moon).

(E.M.)

Loss, loss. Scorpion.
I hear him
ask the fish:
what is it
that is stinging us?

DIE REITERLOSE ABENDRÖTE
läuft im leichten Galopp ins Ziel:
Jetzt ist das Rennen
endgültig vorüber.
(Spätes Aufblitzen
des stürzenden Ikarus,
irgendjemands verdunkeltes Antlitz,
der abgesenkte Daumen
des feisten September-Monds.)

Deutsch von Richard Dove

(ERNST MEISTER: AUS »SKORPION«)

Verlust Verlust. Skorpion.
Den hörte ich
zum Fische sagen:
Was ist es,
das uns sticht?

Booklet of Hours

Somebody's
Booklet of Hours,
fat but no-paged,
quaintly unpublished,
puffed dry by well-tonsured lips,
bound by black breath,
impeccably spined,
illumined
by traffic lights,
sensible cholers,
scrawling red hairs
left by scandalous girls.

STUNDENBÜCHLEIN

Jemandes
Stundenbüchlein:
dick aber nicht paginiert;
seltsam: ungedruckt;
trockengeblasen von schön tonsurierten Lippen;
gebunden mit schwarzem Atem;
der Rücken untadelig;
verziert
mit Ampeln,
reizbarer Galle,
kritzligen roten Haaren
haarsträubender Mädchen.

Deutsch von Walter Helmut Fritz

The heavens sit ...

The heavens sit
inside themselves,
at sunset
brightly-bloused
babushkas,
in the morning
maids with many veils.

What each reveals,
each conceals

Like mummies bitter-
sweetly
hollowed out,
like artful spinsters
clasping youth,
each month
a little tighter,
round their throat

Deceiving,
giving,

Each one takes
itself apart.

Made
to be mothers,
each strips onion-skins
and then there's nothing,
trying tears,
in kitchens of the heart.

Die Himmelskörper sitzen ...

Die Himmelskörper sitzen
in sich selbst,
bei Sonnenuntergang
schönblusige
Babuschkas,
morgens
Mädchen mit vielen Schleiern.

Was jede preisgibt,
verhüllt eine jede

Wie Mumien bitter-
süß
ausgehöhlt,
wie kunstreiche alte Jungfern
die nach Jugend greifen,
jeden Monat
ein wenig fester,
um ihre Kehle,

Betrügen,
geben,

Jede zerlegt
sich selbst.

Geschaffen,
um Mütter zu sein,
jede schält Zwiebelhäute,
und dann ist da gar nichts –
lästige Tränen –,
in den Küchen des Herzens.

Deutsch von Jürgen Bulla

An ode

An ode: eternity.
We sang it
till the silence

squeaked.

ODE

Die ewigkeit: eine ode.
Wir sangen sie,
bis die stille

quiekte.

Deutsch von Reiner Kunze

THRENODY

Enthroned
the pharaoh
feels no night
inside his gorgeous
grave;

beyond
the sands stretch
endlessly,
below
there is no face
to save –

the river narrow-
hipped – two anxious
strips of bland
fertility –
and all around
the sphinx's smirk,
her weird weight,
the dropsic level-
headedness
of one who can
no longer pray;

and finally
the measured madness
of the setting sun,
soon underground
where chastened dancing-girls
and cats recline,
where fooling scarlet dust
annoys the eye.
None look away as dead men
drink sad wine.

KLAGE

Auf dem Thron
in seinem Prachtgrab
spürt der Pharao
die Nacht nicht –

draußen
dehnt sich der Sand
unendlich –
drunten
zählen Gesichter
nicht mehr –

enghüftig
der Fluß, zwei kummer-
volle Streifen blanker
Fruchtbarkeit –
umspielt vom Grinsen
der Sphinx
ihrem irren Gewicht
ihrem wassersüchtigen
Gleichmut wie einer
der nicht mehr
beten kann –

und schließlich der
abgemessene Wahnsinn
untergehender Sonnen
bald unterirdisch
wo Tänzerinnen
gezüchtigt sich bei den
Katzen ausruhn –
wo trügerischer scharlach-
roter Staub die Augen
ärgert. Keiner schaut weg
und Tote trinken ihren
müden Wein.

Deutsch von Richard Exner

Driving through Devon
(A Eucharist)

The cattle drink
the thick mauve
light;
our burdensome
desires.

They tread,
with tender heaviness,
the grape-like mud
of evening.

They roll around their eyes
they manage in their mouths
they mumble at
the crusted isolation
of the evening.

Ein Abendmahl

Die Rinder trinken
dickes, violettes
Licht;
unsere drückenden
Verlangen.

Sie keltern mit
zärtlicher Schwere
den traubenen
Schlamm des Abends.

Sie rollen in ihren Augen
sie bearbeiten in ihren Mündern
sie kauen
die verkrustete Isolation
des Abends.

Deutsch von Jürgen Dziuk

Charlottenburg

Eternal dying
roars through
winter mirrors,
back to back to
back, that once
snapped up
the Queen of Prussia's
single hateful
sideways look

                    (the look that cut her
                    out from this,
                    her double's
                    doll-like dream
                    amid the delicate
                    designs and only
                    dimly dreading
                    narrow passages
                    of dwindling
                    afternoon)

and bred it up
into a dark,
into a slyly shining beast
whose eyes
are splinters
in the eyes of these
our mild, grey visitors,
which had just gazed
with soft disgust

CHARLOTTENBURG

Immerwährendes Sterbe-
gebrüll durch
Winterspiegel,
Rücken an Rücken an
Rücken, die einmal
der Preußenkönigin
einzigen haßerfüllten
Seitenblick eifrig
erhaschten

          (jenen Blick, der sie
          aus diesem Puppentraum
          entfernte,
          den ihre Doppelgängerin
          weiter träumte unter
          Kunstgebilden,
          sich nur leise grauend
          vor den
          engen Gängen
          des leise schwindenden
          Nachmittages)

ihn dann erzogen
zur finstren,
verschlagen strahlenden Bestie,
deren Augen
Splitter
im Auge der
grauen Besucher
sind, die eben

upon the weathered emperors,
which had just turned
respectfully
to take their own
warm profiles in.

Eternal dying
roars ...

HARE'S SONNET

Full
Of
The
Spring

I
Hopped
In
Love-

Lit
Fields,
Hang

Up-
Side
Down.

verwitterte Kaiser
mit weichem Abscheu
beäugten, die sich
eben zur Seite drehten,
um rücksichts-
voll die eigenen
warmen Profile
aufzunehmen.

Immerwährendes Sterbe-
gebrüll ...

Deutsch von Richard Dove

HASENSONETT

Früh-
lings-
trunk-
en

sprang
ich
in
licht-

em
Feld,
kopf-

über
häng'
ich.

Deutsch von Regina Fritsch

In memoriam Ernst Meister

Rare, neverlasting
spring ...

But then the venison
of self-disgust,
that squeamishly
decaying taste
that hung around us
after summer
passed.

The solstice creaks –
midwinter –
and the salted sun
of Hades
glowers,
still bares
its cold, curved
teeth.

How could you
rest?

In memoriam Ernst Meister

Einziger, nimmerwährender
Frühling ...

Doch dann das Mahl
der Selbstablehnung,
jener zart
verderbende Geschmack
der uns umhing
nachdem der Sommer
ging.

Das Sonnrad knarrt –
Wintermitte –
und die salzige Sonne
des Hades
blickt finster drein,
trägt noch
ihre kalten, gekrümmten
Zähne.

Wie könntest du
ruhen?

Deutsch von Jürgen Bulla

Ice Age
for Michael Hamburger

Inevitable Arctic,
strait as lace,
indeed entirely puritanical ...
one's compass-needle wobbles,
gets frenetically erect ...

It's not much fun
in so much frost:
one squats beside
iced-over holes
where what was lost
will surface – soon! –
and watches all the waddling,
the bluish-black and white.

O precious scales
upon the eyes;
this is no borough
for a bird of paradise.

Such snowflakes seem
like mocking-birds:
such icy fires,
such flames from hell
at last quite hardened
into cold
(such things are
hardly like
Petrarchian conceits)
in hell, one's heart.

EISZEIT
für Michael Hamburger

Unentrinnbare Arktis,
streng wie Spitze,
tatsächlich vollständig puritanisch ...
die Kompassnadel zittert,
richtet erregt sich auf ...

Es ist nicht lustig
in solchem Frost;
man hockt neben
eisbedeckten Löchern
wo, was verloren ging,
auftauchen wird – bald! –
und betrachtet all das Watscheln,
das bläuliche Schwarz und Weiß.

Oh wertvolle Schuppen
auf den Augen;
das ist kein rechter Kobel
für einen Paradiesvogel.

Wie Spottdrosseln scheinen
solche Schneeflocken:
solch eisige Feuer,
solch höllische Flammen,
schließlich aber ausgehärtet
in die Kälte
(solche Dinge gleichen
kaum
Petrarcas Concetti)
in der Hölle, in deinem Herzen.

It lies there
tied down
on the ground,
a Gulliver;
each plants his
Lilliputian ice-pick
in its crooked open ear.

It hears, it
fancies that it hears,
some static grazing underground –

a Mammoth buried,
grass still glistening on its teeth,
infuriating, touching like a sheep.

It lies, grotesque:
a heart,
a blubbered whale.

Dort liegt es
niedergebunden
auf den Boden,
ein Gulliver;
jeder pflanzt seinen
lilliput Eispickel
in sein gekrümmtes offenes Ohr.

Es hört, es
bildet sich ein, daß es hört
ein statisches Grasen unter der Erde –

ein Mammut, begraben dort,
noch leuchtet Gras auf seinen Zähnen,
es macht wütend, rührt an wie ein Schaf.

Liegt da, grotesk:
ein Herz,
ein Specktränenwal.

Deutsch von Ulrike Draesner

Punk Rock
for Thom Gunn

No longer Gloria,
this star ...

this star
that nothing hurts, this girl
who brings the hectic, empty night
to glittering, crustacean feet.

So lonely, so made-up
but still
she flashes smiles
to end all smiles –
the audience, a Pollock
canvas, jangles
like so many glass dress
jewels.

She's as eclectic
as the end of time:
with coral locks
cropped shocking pink,
unearthly green
(up there in her in-
verted world
things are so glaucous,
submarine),
this cocknified Cassandra shrills
that thin Horatian parrot-cry
›Enjoy the day‹,
abandons all
for tireless rhyme.

Punk Rock
für Thom Gunn

Nicht mehr Gloria,
dieser Star ...

dieser Star
den nichts schmerzt, dieses Mädchen
das die hektische, leere Nacht
auf die funkelnden Füße stellt.

So einsam, frei erfunden
doch weiter
schickt sie lächelnde Blitze
alles Lächeln zu beenden –
das Publikum, eine Pollock
Leinwand, klimpert
wie ein Juwelenkleid.

Sie ist so eklektisch
wie das Ende der Zeit:
Korallenlocken,
shockierend pink,
unirdisch grün
(da oben in ihrer kopf-
stehenden Welt
ist alles so schwimmend,
submarin),
diese Cockney-Kassandra schrillt
jenen dünnen Horazischen Papagei-Schrei
»Genieße den Tag«,
gibt alles auf
für den unerschöpflichen Reim.

A Capricorn?
A Taurean?
With fiery rising sign
and fiery moon?
She seems, deep down,
more like a Rubens,
colour daubed across
blank fear,
baroque art
come at last to England,
grey, unpleasant land
but where

with nothing new
beneath no sun

this later Gloria
displays

her hips that wiggle like the world,
her bitter, gorgeous, worm-picked rear.

A Lady World.

Pretence. Pretence.

Smoke fills the air.

Ein Steinbock?
Ein Stier?
Mit glühendem Aszendent
und glühendem Mond?
Sie scheint, tief unten,
mehr wie ein Rubens,
Farbe geschmiert über
freiliegende Angst –
barocke Kunst
endlich nach England gelangt,
graues, unwirtliches Land
wo jedoch

mit nichts Neuem
unter keiner Sonne

diese spätere Gloria
zur Schau stellt

ihre Hüften die wackeln wie die Welt,
ihren bitteren, prächtigen, wurmstichigen Hintern.

Eine Frau Welt.

Vorwand, Täuschung.

Rauch erfüllt die Luft.

Deutsch von Jürgen Bulla

Enivrez-Vous

Sneeze, Baudelaire,
at your High Victorian rebel's threesome
of ›wine, poetry and virtue‹!
We all get drunk,
in this day and age,
on more potent things:
the blunter points
of violence, football and boredom,
for instance.

Boozing away
our poisonous hours
we have more to fear from
Death's breathalyser.

Such is the drink-problem now,
no one could hold their pen
steady enough
to prescribe what you did:
›One must always be drunk‹.

BERAUSCHT EUCH

Zahm, Baudelaire,
du viktorianischer Revoluzzer,
ist deine Trinität:
»Wein, Lyrik, Tugend«!
Heutzutage
berauschen wir uns
an härteren Stoffen:
so an den gröberen Aspekten
der Langeweile, des Fußballs, der Gewalttätigkeit.

Wir, die wir unsre giftigen Stunden
schlicht versaufen,
haben mehr zu befürchten
vom Alkoholtest des Todes.

In ein derartiges Loch haben wir uns hineingesoffen,
daß kein Mensch seinen Griffel
fest genug
halten könnte, um das vorzuschreiben, was dir vorschwebte:
»Immer muß man betrunken sein.«

Deutsch von Richard Dove

ON OPENING BYRON'S VAULT
(for Jon Silkin)

His greatest work: his life
and here it lies
bazaar-like
to parochial poker-gaze –

grey-haired
with skinless forearms
hole straight through the chest
enormous penis

   and, below, the botched
right foot

now severed

that, in art,
had made him glide like Christ
whereas, in full society,
onlookers saw
a giddy and satyric little run.

They take no photographs.

There are no colours left
to comfort him.

BEIM ÖFFNEN VON BYRONS GRUFT
(für Jon Silkin)

Sein größtes werk: sein leben,
und hier liegt es,
ein basar,
den blicken ausgesetzt
eines jeden pokergesichts –

grauhaarig,
mit hautlosen unterarmen,
das loch mitten durch die brust,
das glied gewaltig

und, unten, der verpfuschte
rechte fuß

jetzt abgetrennt

der ihn, in der kunst,
wie Christus wandeln ließ,
während die spähende öffentlichkeit
ein taumelndes, satyrhaftes trippeln gewahrte.

Sie machen keine fotos.

Es gibt keine farben mehr,
ihn zu trösten.

Deutsch von Reiner Kunze

Sawn-off scazons

And so these days go tripping by, limping,
And trail an evening sky in sad glad-rags,
Mae-West-like, always hollering ›Never
You mind the five feet, what about the six inches.‹
A farce's many doors are thrown open
Around this stage whose windows give, shallow
And cold, on to myopic dreams, on to
Bovary-land.
      An elegist, spoil-sport
Who spites our face, can't countenance lovers
In one another's arms, can't see heaven
In grains of sand, and longs for some *deus
Ex machina* to be winched down, saving
The show before his curtain falls. ›No way‹,
The brain says coolly to the heart: ›No way‹.

CHOLIAMBEN

Und so zieht tänzelnd Tag für Tag vorbei, hinkend,
Und schleppt den tristen Abendhimmel nach (Fummel,
Den einst Mae West trug, wenn sie lauthals rief:»Gräm dich
Nicht über hundertfünfzig Zentimeter, zählen tun fünfzehn.«).
Doch plötzlich steh'n die Türen dieser Farce offen,
Indes die Bühnenfenster, flach und kalt, Ausblick
Auf kurzsichtige Träume geben, Traumblick auf
Bovary-Land. Elegiker, du spuckst uns ins
Gesicht, du Spielverderber gönnst den Liebenden
Umarmung nimmer, kannst im Sandkorn nicht schauen
Das Paradies und hoffst auf einen Not-Deus-
Ex-Machina, der niederfährt am Seil, Retter
Der Vorstellung, bevor der Vorhang fällt.»Niemals«,
Belehrt das Hirn mit Vorbedacht das Herz:»Niemals«.

Deutsch von Axel Sanjosé

Sappho ...

Sappho, were you brought back to life what would you
Say to these convenient concrete cities,
Fire-struck, high-rise, head-banging, full of empty
        Superman-dreaming?

We possess you only in fragments, but that
Makes you all the more of a femme fatale for
Distance <u>is</u> charm, so we are told; and, if so,
        Yours is unrivalled.

Raven-haired, perhaps, silky hipped with lips that
Drip man-eating, marathon-smiling kisses,
Naughty yet unutterably naice, hot-panted,
        Bunny-girl-bosomed:

You, that is, are fantasy number one for
Those who live their books to the full and share your
Burning death-wish drugged by the languorous melilot, cassia,
        frankincense, violet of
        Fabulous Lesbos ...

If the church had only not burnt your lives up:
We must go to grammars to piece together
Your lost love for some girl called Atthis, used to
        Illustrate cruxes.

Largely left: the middle-aged woman grasping
Phaon's straw-like childishness. (When one's dead one
Has so much more chance to be vain: one plays then
        Which self one wants to.)

SAPPHO ...

Sappho, kämst zu leben du wieder, was sprächst
Du zu diesen zweckbetonierten Städten,
Brandwund, Hochbau, hirngeschockt, voll von leeren
    Supermann-Träumen?

Du gehörst uns nur in Fragmenten, doch das
Macht dich umso mehr auch zur femme fatale, denn
Ferne *ist* Charme, so sagt man uns; und, falls wahr,
    Deiner ist einzig.

Rabenhaarig, wohl; Seidenhüften; Lippen,
Die tropfen marathon-lächelnde, männerverzehrende Küsse;
Frech und doch so unsagbar arglos; Hot Pants;
    Bunny-Girl-Brüste:

Du bist das, bevorzugte Fantasie für
Die, die ihre Bücher ausleben, deinen
Heißen Todwunsch teilend im Bann des trägen Melilot, Cassia,
    Weihrauch, Veilchen der
    Lesbos-Legende ...

Hätte die Kirche deine Leben nicht verbrannt:
Aus Grammatiken muss man zusammensetzen
Deine verlorene Liebe zu irgendeinem Mädchen Atthis – benutzt,
    Um springende Punkte zu illustrieren.

Übrig: Frau von mittlerem Alter, klammert
Phaons Strohhalm Kindlichkeit. (Wenn man tot ist,
Hat man mehr Chance, eitel zu sein: man spielt das
    Selbst, das man möchte.)

Deutsch von Jürgen Bulla

De Sade's days in Sodom

You, who in the end begged a woodland grave
Where weeds would soon obscure all, wrote with broad joy,
In prep-school tones, of buggery,
Of that still savager rape where none may conceive.

Coming into a chalice, trampling a cross
Had left you with matter, not moral victory: all
You could do was seek in an anus
Tragic intensity, proof of how far one can fall

Down into bathos where that ›more delicious temple‹
Can only seem pure when never wiped clean,
Where grown men of sixty fawn on ›one of the most superb
                                                                         corpses

I've ever seen‹, licking her (in fact still living) egress
Coyly, where all the limbs are lopped from a body that's
Then mined away for a year until death sets in.

DE SADES TAGE IN SODOM

Du, der am Ende nachsuchte um ein Grab am Waldesrand
Wo hohes Gras alles verdunkeln würde, bald, schriebst, ganz
 aufgeräumt,
Im Ton des Internatszöglings von Arschfickereien, dann
Von jener einen Vergewaltigung wilder noch als Träume.

In den Abendmahlskelch zu kommen und auf dem Kreuz
 herumzutrampeln
Hat dir nichts andres eingetragen als einen Stoß beschriebner
 Blätter. Moralische Sieger
Sehn anders aus. Alles, was du vermochtest, war, tief in einem
 Arsch
Den Beweis dafür zu suchen, wie tief man fallen kann –

Bauchlandung im Ordinären, wo jene »Wohnstatt Gottes«
Nur rein bleibt, wenn dort niemand fegt,
Wo gestandne Männer um die Sechzig mit ihren Schwänzen
 wedeln über

»Eine der superbsten Leichen, die ich je geschaut«, ihre in der
 Tat noch lebendige
Öffnung lecken, kokett, die Glieder abgehackt von diesem
 Körper, dessen
Geist ein Jahr gebraucht zu schwinden und Platz zu machen für
 den Tod.

Deutsch von Hartmut Kasper

SPRING
(Arthur Kronfeld, 1886-1941)

Yellow oxen stand round, mute and fat;
Mar the green field like two middling blots.
There behind the hedge's pink, white dots,
Blind, a veteran in a soiled top-hat

Grinds his organ, at attention still;
While his rhesus friend, in garish dress,
Tries to figure out the maddening use
Barrel-organs serve and has to pull

Children in who stand here, unwashed, red,
Gorping, each as swollen as a toad.
One grasps weakly at the monkey's head.

Greasy notes trill, tumble, rumble, goad.
And a gentleman who's clearly flush
Coughs up – quite aloof, though with a blush.

Aus dem Deutschen von Richard Dove

FRÜHLING
(Arthur Kronfeld, 1886-1941)

Dick und sprachlos stehn zwei gelbe Rinder
Auf der grünen Wiese, wie zwei Flecke.
Hinter rosa-weiß punktierter Hecke
Orgelt stramm, in schmutzigem Zylinder,

Ein Soldat gewesener braver Blinder.
Und sein Rhesusfreund in greller Decke
Denkt zerfurcht dem ärgerlichen Zwecke
Dieses Orgelns nach. Und lockt die Kinder.

Alle stehn sie, rot und ungewaschen,
Glotzend, aufgeplustert wie die Kröten.
Eins wagt nach dem Äffchen zag zu haschen.

Fette Töne purzeln, kollern, flöten.
Und ein milder Herr greift in die Taschen,
Interesselos, doch mit Erröten.

.

II

Nuclear-survivor's night-song
Nuklearholokaustüberlebenden-Nachtlied

HERMETICISM RULES, OKAY?
(report in the Daily Telegraph, 21.7.81)

»*We played cards, I lost the irises of my eyes*«
                    (Paul Celan, tr. Michael Hamburger)

One man
lost his eyes
and five others
were injured
when a pack
of black bears
looking for food
raided a township
near Srinagar.

The bears
attacked
when a group of people
guarding an orchard
tried to frighten
them away.

DICHTER VERTICKT. ALLES?

»*Wir spielten Karten, ich verlor die Augensterne*«
 (Paul Celan)

Einer verlor Augen
Licht fünf andere

Verletzt: ein Rudel Brom
Bären auf der

Suche nach Happy
Happy 'nen Bauern

Hof über
Fiel bei Srinagar.

Bären, Menschen:
Husch Husch

Obst Beeren Garten
Wächter schwer an

Gegriffen.

Deutsch von Anton G. Leitner

Falklands. May '82
(fragment of an alcaic ode)

Stately the fleet sails out on the morning-tide
(Great armoured ducks more like, say the cynical),
  Dead keen to salvage England's honour
    (Honour's ›a word‹, as fat Falstaff whimpered).

No Future
(Carpe diem, two thousand years on)

»›In July ninety-nine, out of the sky, a terrible king will come:‹
Nostradamus's words, pity he took <u>all</u> the small print as read.
We don't have any Jove, though there are fads, sapping our
                                                                      wills, instead
(Pop astrology's ›in‹ – just as it was down in the dregs of Rome).
Shots cost nine thousand each ... submarines shark ... tinpot
                                                                      dictators clink ...
One is a long time dead ...« »Come on, be wise: drink up your
                                                                      wine, do something,
Prune your high straggling hopes. Say what you will, winter
                                                                      will come, spring won't.
Pluck this tungsten-grey day. Thaw your stiff lip. Don't trust
                                                                      the future. Don't.«
(1982)

Falkland-Inseln. Mai 82
(Bruchstück einer alkäischen Ode)

Aufbricht die Flotte hehr mit der Morgenflut
(Enten gepanzert, sagen die Zyniker);
  Ihr Ziel: die Ehre Englands retten
    (Ehre: »ein Wort« bloß, wie Falstaff winselt).

Deutsch von Richard Dove

No Future
(Carpe diem nach 2000 Jahren)

»›Neunundneunzig erscheint jäh aus den Höhn schrecklich ein
                                       König euch‹.
Nostradamus ist das. Pech, daß er sich das Kleingedruckte spart.
Längst ist Iuppiter weg; Mode nur gibt's, die uns wie Moder
                                       schwächt
(Cool ist Astrologie, wie sie einst war, als Rom im Sterben lag).
Jeder Schuß reißt ein Loch. U-Boot-Geschweig. Hohle
                                    Machthaber klirrn.
Lang, so lang ist man tot ...« »Komm, sei doch klug. Trink
                                       deinen Wein, mach was.
Deine Hoffnungen, arg wuchernde, stutz; schau, wie der
                                       Winter naht.
Wolframgrau unser Tag – pflück ihn! Denn Frucht trägt dieser
                                       Ast nicht mehr.«
(1982)

Deutsch von Richard Dove

Choriambics

Lover, how could you go, leaving me here, leaving me living-dead
In this echoing place, place of mere noise, where there's no night,
                                                            no day,
Where love buds but to die, climbs but to fall? Do I expect too
                                                            much?
Would a sensible joy, pension-assured, seem much like joy at all?

CHORIAMBEN

Ach, wie / konntest du gehn, / mich hier zurück / lassend, leben
/ dig-tot
In dem / hallenden Ort, / Ort bloßen Lärms, / wo keine Nacht /
kein Tag,
Wo die / Knospe schon schrumpft, / Liebe verfällt? / Will ich
zuviel / von dir?
Wär ver / nünftiges Glück, / vorsorgestark, / noch wie der An /
fang war?

Deutsch von Regina Fritsch und Richard Dove

Dialogue of Depressive and Manic

∨ ∨ – ∨ – ∨ – – ∨ ∨ – ∨ ∨ ∨ –

›I'm so down, there's nothing, nothing.‹ ›Must you burden us
                                                      with yourself?‹
›I am tired, so tired, of living.‹ ›Are you not just a little tired?‹
›O how trite and false you are, creep.‹ ›So is optimism a crime?‹
›Against reason, feeling, nature.‹ ›But without could we still
                                                      progress?‹
›Aren't Socratic questions shallow?‹ ›In your depths one can
                                                     only drown.‹
›But at least one goes down nobly.‹ ›In self-pity, which
                                                     is absurd.‹
›Look at *Thanatos* by S. Freud.‹ ›You mean *Eros*, I would
                                                 have thought.‹
›Think of Reagan's words on Russia.‹ ›»Evil Empire« trips off
                                                   no tongue.‹
›Men will never, once, be equals.‹ ›They will never be just
                                                   the same.‹
›What's created gets annihi …‹ ›You're blaspheming against
                                                   mankind!‹
›Which is really manunkind, true?‹ ›How you twist everything
                                                    I say.‹
›It is time to blow my brains out.‹ ›It's the dawn of a far
                                                 more glor …‹

Dialog zwischen Depressiv und Manisch

v v – v – v – – v v – v v v v –

»Mir geht's schlecht, das Nichts bedrängt mich.« »Mußt du
                         dich uns aufbürden, schwer?«
»Bin des Lebens überdrüssig.« »Bist du nicht bloß ein
                         bissel müd?«
»O wie flach und falsch du bist, Lump.« »Ist der Optimismus
                         verkehrt?«
»Die Vernunft verletzt er dauernd.« »Wie säh Fortschritt ohne
                         ihn aus?«
»Ach wie schal sind deine Fragen!« »In den Tiefen ertrinkst
                         du bald.«
»Aber edel geht man unter.« »In Selbstmitleid, schlichtweg
                         absurd.«
»Schau dir *Thanatos* von Freud an.« »Du meinst *Eros*, hätt
                         ich gedacht.«
»Denk an Reagans Wort zu Rußland.« »*Reich des Bösen* kriegt
                         man kaum raus.«
»Unter Menschen gibt's nie Gleichheit.« »Einen Einheitsbrei
                         gibt es nie.«
»Was entsteht ist wert, das es zu ...« »Das ist
                         Menschheitslästerung jetzt!«
»Diese Milch der frommen Lüge.« »Wie du alles mir
                         gleich verdrehst.«
»Es ist Zeit, sich umzubringen.« »Nein, es dämmert ein
                         weitaus glor ...«

Deutsch von Richard Dove

DISTICH
(after Canute)

How, from one's/
throne, one would/
love to/
say to the/
waves of/
time that//

fail to/
cringe at one's/
feet://

stop, I com-/
mand you to/
stop./

YES, THAT ITALIAN GIRL ...

Yes, that Italian girl
you told me of,
crooning sad ballads,
clicking
high heels
to keep in time,
to charm the time
she spends on a
public loo,
is surely the
purest
of aesthetes.

DISTICHON
(im Kielwasser König Canutes)

Wie gerne/
sagte man/
von seinem/
Thron aus der/
Brandung der/
Zeit, die//

sein König-/
reich über-/
rollt://

Halt, ich be-/
fehle dir,/
halt./

Deutsch von Richard Dove

JA, DIESES ITALIENISCHE MÄDCHEN

Ja, dieses italienische Mädchen,
von dem du mir erzählt hast,
mit den schmalzigen Balladen,
klimpernden
Absätzen,
die den Takt schlagen,
die Zeit verzaubernd,
die sie auf einem öffentlichen
Klo verbringt,
sie ist ohne jeden Zweifel
die reinste aller
schönen Geister.

Deutsch von Hartmut Kasper

ANACREON
(Johann Wilhelm Ludwig Gleim, 1719-1803)

Anacreon, my teacher,
Has two themes: wine and loving;
He rubs his beard with ointments,
And sings of wine and loving;
He crowns his head with roses,
And sings of wine and loving;
He couples in the garden,
And sings of wine and loving;
He is a king when drinking,
And sings of wine and loving;
He dallies with his idols,
He chuckles with his cronies,
Dispels his grief and worries,
Disdains the moneyed riff-raff,
Condemns the praise of heroes,
And sings of wine and loving;
How could his loyal pupil
Discourse on hate and water?

Aus dem Deutschen von Richard Dove

ANAKREON
(Johann Wilhelm Ludwig Gleim, 1719-1803)

Anakreon, mein Lehrer,
Singt nur von Wein und Liebe;
Er salbt den Bart mit Salben,
Und singt von Wein und Liebe;
Er krönt sein Haupt mit Rosen,
Und singt von Wein und Liebe;
Er paaret sich im Garten,
Und singt von Wein und Liebe;
Er wird beim Trunk ein König,
Und singt von Wein und Liebe;
Er spielt mit seinen Göttern,
Er lacht mit seinen Freunden,
Vertreibt sich Gram und Sorgen,
Verschmäht den reichen Pöbel,
Verwirft das Lob der Helden,
Und singt von Wein und Liebe;
Soll denn sein treuer Schüler
Von Haß und Wasser singen?

To a political animal
(perversion of Anacreon's ode to a cicada)

You are blissless, politician,
Squatting in your high, high office,
Throat well oiled with heavy claret,
Talking like a book, quite sober.
Yours is all you see before you
In the airless inner cities,
All the bomb-filled post can bring you.
How the unemployed despise you
For your lines of least resistance;
You're the one men love to hate, cold
Herald of the coldest winter!
All the muses find you awful,
And Apollo all the more so
Since he gifted you your clap-trap.
May old age oppress you greatly,
Daft enormity of nature,
Tone-deaf sufferer from ego,
Made of only flesh and blood-lust,
Till the day you die immortal.

AN EINEN NEOLIBERALEN POLITIKER
(Dekonstruktion von Anakreons Ode an eine Zikade)

Ach, armselig bist du, kleiner Staatsmann,
hockst an deinem Wolkenschreibtisch,
gut geölt die Kehl mit schwerem Wein, doch
furchtbar nüchtern ständig quasselnd.
Dein ist alles, was in atemlosen
Städten sklavisch vor dir zappelt,
alles, was an Sprengstoff dir die Briefe bringen.
Wie die Arbeitslosen dich fürs Streßgestinke
deiner faulen Kompromisse hassen;
du bist der, den Menschen gerne hassen,
kalter Herold eisig-kalten Winters!
Aller Musen Alptraum bist du,
bist der Schrecken selbst Apollons,
der dir schenkt' die Kunst des Schwatzens.
Mag das Alter dich mit Gicht bedrücken,
dümmster Fehltritt du der Schöpfung,
tauber Opferhammel reiner Ich-Sucht,
nur aus Fleisch und Blut Gestrickter,
bis zum Tag, an dem du göttlich abkratzt.

Deutsch von Ralf Harner

Talybont

Between two graveyards,
among sedated sheep,
a part
in a morality play of a village,
the black English part,
I drink neither
at the *Black Lion*
nor at the *White*,
but pass a flinty chapel,
skimming my southern eyes
along ever so hardy hills,
to reach the phone-box,
token explosion of colour,
the pride of the brief main street,
and there I have you most nights;

only to go back
to rented greyness,
proof against the pebble-rain,
somewhat proof against the slate-like silence
of the wood behind,
and there your limbs
wrap themselves round me in absence,
and there my ears ring
with your laughter, your crying.

TALYBONT

Zwischen zwei Friedhöfen
unter mit Sedativa ruhiggestellten Schafen
bewege ich mich
als Komparse im
Moralstück eines Dorfes
(der schwarze englische Komparse)
trinke weder im *Black Lion*
noch im *White*
sondern gehe vorüber an einer feuersteinharten Kapelle
überfliege mit meinen südlichen Augen
die schmerzhaft-schroffen Hügel
um endlich die Telefonzelle zu erreichen
diese verhaltene Explosion von Farbe
den Stolz der kurzen Hauptstraße
und dort ist es, wo ich dich
die meisten Abende besitze –

nur um dann zurück zu gehen
in das gemietete Grau
(Sicherheit gegen den Kieselregen
halbwegs Sicherheit gegen die Schieferstille
des Waldes im Hintergrund)
und da schlingen sich
deine abwesenden Glieder um mich
und da hallt in meinen Ohren
dein Lachen, dein Weinen.

Deutsch von Ludwig Steinherr

IDYLL

Shepherdless
but inured to all –
to their poor man's
Turkish bath
as to the auburns and mustards
of their nearly sheer slope
shortly before Eisteddfa Gurig –
sheep keep madding
around the greasy brilliance
of a rock
that features five white
sublimely Theocritan
capitals:
ELVIS

I, POLYPHEMUS ...

I, Polyphemus, don't look all that bad at all:
The horrid, black Atlantic, recently becalmed,
Mirrored my one sweet eye and made these monstrous teeth
Gleam like the whitest marble. Maybe I was seen,
A star, along the endless promenade at Borth?
(There I so often stare and stare at distant Greece
And will not turn round and accept the barbarous hills
That bury me, each time, beneath idyllic grass.)
It's rumoured Galatea has been pelting my
Enormous flock with apples (shades of ›Fresh Welsh Lamb‹).
These women will try anything to catch my eye.
In vain. I'm really not cut out for country life.

IDYLLE

Ohne Hirt
aber abgehärtet gegen alles –
gegen ihr Türkisches Bad für arme Leute
wie auch gegen das Kastanienbraun und Senfgelb
ihres fast senkrechten Abhangs
kurz vor dem Ortseingang Eisteddfa Gurig –,
tollen Schafe immer wieder
um den fettigen Glanz
eines Felsen,
der fünf weiße
erhaben theokritsche Großbuchstaben aufweist:
ELVIS

Deutsch von Richard Dove

ICH, POLYPHEM ...

Ich, Polyphem, sehe gar nicht so übel aus:
Der entsetzliche, schwarze Atlantik, neulich erst beruhigt,
Spiegelte mein eines süßes Auge und brachte diese monströsen
                                                                   Zähne
Zum Glänzen wie den weißesten Marmor. Vielleicht sah man
                                                                     mich,
Ein Stern, entlang der endlosen Promenade in Borth?
(Dort starr ich und starr ich so oft auf das entfernte
                                                        Griechenland
Und werd mich nicht umdrehen und anerkennen das
                                                   barbarische Hügelland,
Das mich begräbt, jedes Mal wieder, unter idyllischem Gras.)
Es geht das Gerücht, Galatea bewerfe meine
Riesige Herde mit Äpfeln (»Frisches Walisisches Lamm«).
Diese Frauen würden alles tun, um mir ins Auge zu stechen.
Vergeblich. Fürs Landleben bin ich echt nicht gemacht.

Deutsch von Jürgen Bulla

BORTH, DYFED

»Rieur, j'élève au ciel d'été la grappe vide
Et, soufflant dans ses peaux lumineuses, avide
D'ivresse, jusqu'au soir je regarde au travers.«
                                        (Mallarmé)

Sunset, golden and bleeding and mauve in the cold of October,
Watched through a bottle of gin ...
Here the ocean's so flat you'd fall off the edge of the world if
Ever you tried to go west.
Don't turn, either, and see the Recession, down-and-out houses
Hard up against the non-road.
How the houses are hardy, in how many gardens lies rubbish:
No, there's no nonsense up here.
Horses, dogs, dead sheep and ex-Englishmen romp on the
                                                     shingle;
   All that is kitsch is the sky.

Borth, Dyfed

»*Rieur, j'élève au ciel d'été la grappe vide*
Et, soufflant dans ses peaux lumineuses, avide
D'ivresse, jusqu'au soir je regarde au travers.«
(Mallarmé)

Untergang, golden und blutend und lila im kalten Oktober:
Quer durch die Gin-Flasche durch.
Hier ist das Meer so flach, du fielest vom Weltrand hinunter,
Falls du nach Westen aufbrächst.
Dreh' dich nicht um, du erstarrst. Rezession – zerlumpte Häuser –
Rempelt die Unstraße an.
Ach sind die Häuser stoisch, in wie vielen Gärten liegt Abfall;
Ziererei gibt es hier nicht.
Kieselstrand: Pferde, Hunde, Ex-Engländer, tote Schafe;
Höchstens der Himmel ist Kitsch.

Deutsch von Regina Fritsch und Richard Dove

LETTER FROM WEST WALES
Darling Regina,
How, how I miss you,
Penned in my prefab
('Home, Bitter Home') and
Bounded by greenness,
Hounded by blackness.
What is life like here?
Well, there's the telly –
Envying Bogarde
Slowly approaching
Black-and-white Venice
Or, on the other
Side, there's a surgeon
Pricking then stitching
Someone's grey heart he's
Trying to by-pass.
Then there's the radio –
Warning: four horses
Loose on a road in
North-Rhine Westphalia.
And there's the wine, as
Trusty as anti-
Freeze, right to hand, two
Thirty a bottle.
Or, in thick silence,
Spiders like flimsy
Long-legged daddies
Bolt in their thin, fine
Seven-league-boots, far
Nicer than some, like
Gotthelf, have thought them:
Pillars of weakness
In this anarchic
Animals' commune
Full of non-thoughts of
Love, peace, the sixties.

BRIEF VOM WESTEN WALES
Regina, Liebste,
Wie, wie ich dich vermisse,
Eingepfercht ins Fertighaus
(›Heim, du bittres Heim‹),
Umplagt von Grün,
Gejagt von Schwärze.
Wies Leben hier so ist?
Na, da ist erst mal
Die Flimmerkiste –
Bogarde beneiden
Wie er sich langsam dem schwarz-
Weißen Venedig nähert.
Oder, auf dem anderen
Kanal, ein Chirurg:
Erst sticht er, dann näht
Er jemandes graues Herz
– Bypass versucht.
Dann gibt's das Radio –
Warnung: vier Pferde
Frei auf einer Straße
In Nordrhein-Westfalen.
Und da ist der Wein, so
Zuverlässig wie Frost-
Schutzmittel, gleich zur Hand,
Zweidreißig die Flasche.
Oder, in dicker Stille,
Spinnen wie zerbrechliche
Langbeinige Väter,
Die sich aus dem Staub machen
In dünnen, feinen
Siebenmeilenstiefeln, viel
Angenehmer als manche,
Etwa Gotthelf, glaubten:
Säulen der Schwäche
In dieser anarchischen
Gemeinschaft der Tiere
Voller Nichtgedanken an
Liebe, Frieden, die Sechziger.

Deutsch von Ulrike Draesner

Theodicy

»*Praised be your name, no one.*«
(Paul Celan, tr. Michael Hamburger)

Not a Victorian girl's name,
Nor is it a new space-invaders game,
Nor a soap-powder,
But the divine world-order
Shattered by the Lisbon earthquake,
That Enlightenment heart-ache,
In seventeen fifty-five
And done in now as good as daily
By such things as five-sevenths of an Asian family burnt alive
In such places as Coventry
Through no one's fault.

(1983)

THEODIZEE

»*Gelobt seist du, Niemand.*«
(Paul Celan)

Weder ein alter Mädchenname,
Noch ein Computerspiel für Infame,
Noch ein Waschmittel, das »Parusie«
Abhängt. Die göttliche Harmonie,
Vom Erdbeben damals in Lissabon
Erschüttert (es sprach der Aufklärung hohn)
Und jetzt, in ganz alltäglichen Hölln,
In Mißklang verwandelt,
Zum Beispiel in Mölln.
Niemand ist schuld.

(1992)

Deutsch von Richard Dove

BLACK IS THE COLOUR OF HOPE
for Peter Cater

›As Aristotle said, men are a zoo;
I as a politician ought to know.
How wrong we'd be to hope for paradise;
What matters is to keep the cages nice.
I enjoy perfect health; the only bind
Is that I am a little colour-blind ...‹

›Red, amber, black, the German flag?
Hardly, one tends to think of traffic-lights.‹

›Black forests and black fields!
(My doctor says I sound like Paul Celan.)‹

›Blackpeace? It doesn't even assonate.‹

›In pastures black He leadeth me,
The acid waters by.‹

SCHWARZ, FARBE DER HOFFNUNG
für Peter Cater

»Der Mensch ist ein Tier, wie schon Aristoteles sprach;
Ich als Politiker sollte das wissen.
Wie falsch wir lägen mit Hoffnungen auf ein Paradies;
Worauf es ankommt, ist: den Käfig sauber halten.
Ich erfreue mich bester Gesundheit, allein
Dass ich ein wenig farbenblind bin ...«

»Rot, Gelb, Schwarz, die deutschen Farben?
Kaum, man denkt an die Ampel an der Straßenkreuzung.«

»Der Schwarzwald, schwarze Felder!
(Mein Arzt sagt, ich hör mich an wie Paul Celan.)«

»Blackpeace? Das ist nicht mal ne Assonanz.«

»Auf schwarze Aue Er führet mich
Sauren Wassern zu.«

Deutsch von Hartmut Kasper

THREE POLAROID POEMS

1. *Paestum*

Strolling, for an hour or so,
through this incomplete relief map
in the weak evening sunshine,
as though for the sake of our digestion:
you trying to drag
the head of a statue you rather fancied
back to the north,
me on the Temple of Neptune
as though on a stranded whale,
straining my mind's eye
to see how it could at one time have been
so harmonious
that a commentator could speak about
›a solemn hymn‹,
starting at the peaceable grass
that tufts in between its stone
as self-evidently
as hair in the armpits
of a southern woman.

DREI POLAROID-GEDICHTE

1. Paestum

schlendern, fuer ne stunde oder so durch diese
unkomplette relief-karte
im schwachen abendlicht
als waer's fuer die verdauung
du: suchst den kopf
dieser statue die dich hinriss
nordwaerts zu schleifen
ich: auf dem neptun-tempel
wie auf einem gestrandeten wal
mein geistiges auge angestrengt
spaehend
wie es haette sein koennen
so harmonisch
dass ein kommentator von
erhabener hymne sprechen koennte
zusammenfahrend beim friedlichen gras
das zwischen den steinen bueschelt
so selbstverstaendlich
wie das haar in der achselgrube
einer frau des suedens

Deutsch von Veronica Ostertag und Michael Speier

2. *Vesuvius*

As though extinct
except for a tiny sulphurous spring
in a niche where a guide
is slowly boiling his three eggs for lunch
on a bed of soggy dailies.

Of course there's some lava:
vermilion cola-cans,
mostly crumpled,
some still pierced by
canary-coloured straws.

2. Vesuv

Als wär er erloschen –
abgesehen von einer kleinen Schwefelquelle
in einer Nische, wo ein Führer
gemächlich sich drei Eier kocht für sein Lunch
auf einem Bett aus nassen Zeitungen.

Natürlich gibt's da etwas Lava:
grellrote Cola-Dosen,
meist zerdrückt,
aus einigen starrt noch,
kanariengelb,
ein Strohhalm.

Deutsch von Ludwig Steinherr

3. Two statues outside the Palazzo Vecchio, Florence

Not featured on post-cards
which plump instead for the
outsize bodies of David and Hercules –
blocking their light –
these Siamese twins stand,
severed for ever
by the main tourist entrance.
They could be dreaming
their roots at least
are, as in their legend,
inseparable
beneath the concrete.

He is the vainer, inaner of the two:
between ribs and navel,
in peach-coloured paint,
is written: SANDRA.

She has some sanctity about her,
at any rate much soulfulness,
and the trusting suspicions
that are her breasts
are turned up to heaven.
Nevertheless an iron hook
has been drilled through her hip,
a bulky verdigris fig-leaf
clapped upon her vagina.
A young Italian stops
and pats one ample buttock,
with more absent-minded affection

3. *Zwei Statuen vor dem Palazzo Vecchio, Florenz*

Kein Motiv für Postkarten
– die halten sich lieber an die
gigantischen Körper von David und Herkules
die ihnen das Licht rauben –
so stehen diese beiden
Siamesischen Zwillinge
getrennt für immer
durch den Haupteingang für die Touristen.
Mag sein, sie träumen,
ihre Wurzeln wenigstens seien
ganz wie in ihrer Legende
untrennbar
unter dem Beton.

Von beiden ist er der Eitlere,
der Geistlosere –
zwischen Rippen und Nabel ist
pfirsichfarben gekritzelt:
SANDRA.

Sie aber umgibt etwas von Heiligkeit,
sagen wir: von Beseeltheit wenigstens,
und ihre Brüste (in gläubigem Zweifel)
wenden sich zum Himmel empor.
Trotzdem bohrte man ihr
einen Eisenhaken durch die Hüfte,
verpasste ihr ein riesiges Grünspan-Feigenblatt
auf ihre Vagina.
Ein junger Italiener bleibt stehen,
klatscht auf eine ihrer breiten Hinterbacken,

than condescension, then leaves.
Across the broad of her back
LED ZEPPELIN,
like a righteous lash
in crimson capitals –
maybe graphologists would compare
this hand, its frozen violence,
to Himmler's hand.

A slightly pained look
was programmed into this youthful Baucis
when she was no more
than a lump of stone,
but also an indescribable smile,
as though she were supposing
that the leaves and branches
playing rococo games
as far as her lovelorn thighs
would, one day,
cover both lovers
completely.

nicht in Herablassung, eher in
geistesabwesender Zuneigung,
geht dann weiter.
Quer über ihren ganzen Rücken
wie ein Peitschenhieb
in karmesinroten Lettern steht
LED ZEPPELIN –
mag sein, ein Graphologe würde
in dieser Schrift, ihrer gefrorenen Gewalt,
etwas wieder erkennen
von Himmlers Handschrift.

Ein leicht schmerzvoller Blick
wurde dieser jugendlichen Baucis einprogrammiert
als sie noch nicht mehr
war als ein Steinblock,
doch ebenso ein unbeschreibliches Lächeln,
so als glaubte sie daran,
die Zweige und Äste,
in Rokokospielen verschlungen
bis hinauf zu ihren sich in
Liebeskummer verzehrenden Schenkeln,
könnten eines Tages
beide Liebenden
ganz und gar
überdecken.

Deutsch von Ludwig Steinherr

1.1.1984

The sun is busy marrying the nubile snow;
Big Brother seems an intellectual's nightmare now.

Each ski-slope sports its pride of wiser Phaetons. We
Know nuclear-war will prove a brief child's malady.

Spires seek traditional sky all over South Tyrol;
Angst is outlandish, a Kierkegaardian *parole*.

Parisian dream

A mother-turtle's womb, perfectly round,
Policed as though by crinoline, as quiet
As the inside of a cathedral dome:
From it are torn a mass of unborn babes

To whom she says a hurt, composed ›adieu‹.
The scene changes then to the foot of the cross
Where they are hanging, glowing, with an air
Of bashful – of Elysian – content.

You were in Notre Dame; saw black gendarmes
And turtles spewing water in the parks;
Thought of the sneezed ›adieus‹ of Liechtenstein

And of theodicy; were taken by
Some blissful, bitter Leonardo smiles;
And, above all, you ate too many moules.

1.1.1984

Eifrig heiratet die Sonne den ehefähigen Schnee;
Big Brother scheint eines Intellektuellen Kopfgelee.
Mit weiseren Phaetonen auf Sieg setzt jede Piste;
Atomkrieg, wissen wir: eine Kinderkrankheitskiste.
Türme suchen traditionelle Himmel über ganz Südtirol;
Angst ist ausländisch, eine Kierkegaardsche *parole*.

Deutsch von Ulrike Draesner

PARISER TRAUM

Der Schoß einer Mutterschildkröte, vollkommen rund,
Als sei er von einem Reifrock überwacht, und so still wie
Das Innere eines Kathedralen-Gewölbes: Aus ihm
Werden Mengen ungeborener Kinder gerissen,

Denen sie ein verletztes, gefaßtes »Adieu« nach ruft.
Die Szene wechselt dann zum Fuß des Kreuzes,
An dem sie hängen, leuchtend, mit einem Ausdruck
Von scheuer – von elysischer – Zufriedenheit.

Du warst in Notre-Dame; sahst schwarze Gendarmen
Und Wasser speiende Schildkröten in den Parks;
Dachtest an die geniesten »adieus« von Liechtenstein

Und an die Theodizee; wurdest erobert von
Glückseligen, bitteren Leonardo-Lächeln;
Vor allem aber aßest du zu viele moules.

Deutsch von Joachim Sartorius

Transvestite Time

I'm up Time's ass, fist-fucking Him,
wishing that I were not so prim.

All right, I'm gazing up at Her
who wields the whip and struts in fur.

If only I'd recalled in time
the fact It rhymes with slime and crime.

Hipponax pronounces on the miners' strike

Divide a land in two, and give one half bowlers,
The other anoraks, and fill their heads also
With snobbish terms like ›opera‹ and ›pub‹. Let them
Then face each other like two fighting-cocks. (You can
Lay bets.) And when the eyes are all pecked out, pray for
A war, or start one, so they'll seem to stand shoulder
To bum once more, and say how sweet it is, dying
To save these sub-Icelandic miles from things foreign.

November 1984

TRANSVESTITE TIME

Am Arsch der Zeit, ihn fick' ich gleich,
doch bin zu zimperlich und weich.
Nun gut, ich starre auf zur Mademoiselle,
sie führt die Peitsche, stolziert im Robbenfell.
Da fällt mir grad' noch ein, daß Zeit
sich herrlich reimt auf Bitterkeit.

Deutsch von Jürgen Dziuk

HIPPONAX ÜBER DEN STREIK DER BERGARBEITER

Teile ein Land und lass Melonen aufsetzen
die einen, gib den andren Anoraks, lehr sie
versnobte Wörter (etwa: »Oper«, »Bar«), lass sie
schlussendlich aufeinander los wie Kampfhähne
und wette. Sind die Augen ausgehackt, bete
um Krieg, erklär ihn selbst: Schon stehn sie stramm, Schulter
an Arsch, und schwärm davon, wie süß es ist, sterbend
zu retten subpolaren Grund vor Fremdmächten.

November 1984

Deutsch von Axel Sanjosé

Reds Animals

Pool of livers, of diers, pool of blood! A
Metropolitan liver pecked away by
Unemployment, the new Promethean eagle ...
Now some thirty-nine livers lie torn out on
Brussels terraces, those of ›niggers‹ mostly
Who some nationalists demanded be ... be ...
Killed, no doubt on the lines ›Keep Britain Tidy‹.
So, we can't play in Europe any more, but
Does it matter that much? You know your classics:
›I'm an Englishman, everything un-English
Really doesn't concern me.‹ We're still leaders:
English brutalmen, modern Brummels, still have
Style, that sharpest of things (›We kick to kill‹), and
Beat the world in their grasp of their Charles Darwin.
Shall I shut up? ... What guidance would I give them?
As Marie Antoinette might say (to see dark
Passion disciplined and/or get a Latin
Point of view for once) ›Let them read Catullus‹ –
There's an ›eyetie‹ who really has got ›bottle‹.
True. But maybe the PR men are right to
Want that bloody and left-wing strip replaced by
Something soothingly blue, more Evertonian.
Come what may, if you go abroad don't take your
›GB‹ sticker; it would, I fear, make sense to
Offer Belgium the ›G‹ since now ›Great Britain‹
Sounds as oxymoronic as ›Gross Beauty‹.

Reds Animals

Pfütze von Lebern, Lebenden, Sterbenden, Pfütze von Blut! Ne
Großstadtleber von der Arbeitslosigkeit, dem
Neuen promethischen Adler zernagt, und zwar unerbittlich ...
Jetzt liegen neununddreißig Lebern ausgerissen
Auf den Rängen in Brüssel, meistens die von »Niggern«,
Denen manche Patrioten schon den Tod wünschten –
Offenbar nach dem Motto »Haltet Britannien sauber«.
Also dürfen wir nicht mehr in Europa spielen;
Ist das aber so wichtig? Du kennst die geflügelten Worte
»Ich bin ein Engländer; alles, was nicht englisch wäre,
Geht mich nichts an.« Wir sind auch immer noch
                    Meinungsführer:
Englische Brutalmen, neue Brummels, haben noch Stil, die
Schärfste Waffe überhaupt (»We kick to kill«) und
Haben Charles Darwin besser verstanden als alle andern.
Soll ich aufhören? ... Du fragst, welchen Rat ich auf Lager hätte?
Um Marie Antoinette abzuwandeln (damit die dunkle
Leidenschaft gebändigt wird, damit wir auch einen
Römischen Standpunkt erhalten): »Laßt sie Catull sich
                    reinziehen.«
Da ist ein Katzelmacher, der wirklich nicht ohne Grips ist.
Stimmt. Und doch haben vielleicht die PR-Leute recht, die
Jenes blutige linke Trikot austauschen möchten
Gegen ein beschwichtigend blaues, Evertonmäßges.
Wie dem auch sei: nehmt nicht das GB-Schild mit, falls ihr
Mal ins Ausland reist; es wäre schon sinnvoll, das »G« den
Belgiern abzutreten, weil »Großbritannien« inzwischen
Etwa so oxymoronisch klingt wie »Groteske Bellezza«.

Deutsch von Richard Dove

Remembering Brussels

Crowds of drunk crickets sway on the terraces,
Rattling like mad; the magical game goes on
Right the way round three ancient goal-posts
(All that is left of Athena's temple).

Delphi, September 1985

Near Missolonghi

Up in the organised north
you can phone
every mile
if you break down;
here you can –
oftener still –
pray at a quaint
wayside shrine.

Erinnerung an Brüssel

Trunkne Zikaden schwanken im Stadion,
Rasseln wie irr; das magische Spiel läuft noch
Rund um drei alte Pfosten (das, was
Noch übrigbleibt von Athenes Tempel).

Delphi, September 1985

Deutsch von Richard Dove

Bei Missolonghi

Bleibst du im geordneten Norden
liegen, so kannst du
jeden Kilometer
anrufen;
hier steht's dir frei, noch
öfter am Straßenrand
vor den bunten Schreinen
die Götter
anzurufen.

Deutsch von Richard Dove

HIGH IN ARCADY'S HILLS ...

High in Arcady's hills, under the planes and oaks,
As before one can bathe, dirty with midday sun,
Though the water is soiled by
    Super-Softex and dead tin-cans.

Where we tried to have lunch, seventeen Coke- and five
Pepsi-, three Fanta-cans flickered like ghostly ads,
Working hard on our thirst near
    Several sanitary-towels, each used.

Hoch in den Hügeln Arkadiens

Hoch unter Arkadiens Platanen, Eichen,
Lässt sich's noch baden, besudelt vom Mittagslicht,
Wennschon das Wasser befleckt
Von Klopapier ist, Blechdosen.

Wir versuchten zu Mittag zu essen; Cola-
Dosen zumeist, Pepsi und Fanta auch, flimmernd,
Umschmeichelten unsern Durst,
Monatsbinden, jede blutig.

Deutsch von Hartmut Kasper

SOME BASTARDS IN THIS LIFE ...
(version of Petrarch's sonnet
»Son animali al mondo di sí altera ...«)

Some bastards in this life have everything;
You'd think not they were dazzled but the sun.
Others, indoors consoling number one,
Dare potter out, at most, near evening.

A third lot, fooled by mad desire, fling
Themselves, like moths, into all flames, for fun,
For the bright light ...
O no, I'm surely one of these. We're nothing,

We're just not strong enough to stand the sight
Of nuclear-radiant eyes, nor can we find
Tenebrous spots to hide or hours to hope;

Therefore, so tearful that we might be blind,
We're dragged by destiny towards the light,
Knowing too well that it will burn us up.

BASTARDE GIBT'S ...
(Fassung von Petrarcas Sonett
»Son animali al mondo di sí altera ...«)

Bastarde gibt's, denen gehört die Welt –
Die Sonne blenden sie mit ihrem Glanz.
Andere flüchten sich ins Dunkel ganz
Und traun sich nur heraus, wo Schatten fällt.

Noch andre narrt ein toller Wunsch nach Glück,
Der sie in Flammen stürzt – für Rausch allein,
Für hellen Schein ...
Oh, wir sind so, wie Mottenflug ...! Dem Blick,

Dem nuklearen, widerstehn wir nicht,
Da wir zu schwach, da wir ein Nichts fast sind,
Und keiner Zuflucht, keiner Hoffnung kennt.

Deshalb, als wären wir von Tränen blind,
Zieht uns Bestimmung machtvoll hin zum Licht,
Auch wenn wir wissen, daß es uns verbrennt.

Deutsch von Ludwig Steinherr

NUCLEAR-SURVIVOR'S NIGHT-SONG
(after Goethe)

Above all the steeples
Is rue,
In all earth's peoples
Stirs, you know,
Scarcely a breath;
Opera-singers' outlines crowd the wold.
Trust you may grow old
Bunkered beneath.

EXPLODE

Explode: what onomatopoeic hell.
A naff, pathetic retching noise, a lewd
satanic ssss, a plosive (!), then an oh,
a molten oh, that overwhelms one's world;
and then a ›d‹, presumably for ›dead‹.
What would the Romans think to know their word
(to hiss to drive an actor from the stage)
is now a deed done by more carping hacks,
heckling to bits the Moscows, Washingtons ...

NUKLEARHOLOKAUSTÜBERLEBENDEN-NACHTLIED
(nach Goethe)

Über allen Erkern
Ist Reu',
In allen Völkern
Regt sich scheu
Kaum jemands Hauch;
Opernsängerschatten wühlen im Wald.
Hoffe, du wirst alt
Als Bunkergauch.

Deutsch von Richard Dove

EXPLODIEREN

Explodieren: welch ein Höllenbild von Lauten.
Ein krasser Würgelärm, ein verruchtes
satanisches xss, ein p-lodieren, dann ein o,
zum o geschmolzen, das die Welt dir einfach löscht.
Das ieren dann, vermutlich für krepieren.
Was würden die Römer sagen, wüßten sie, daß ihr Wort
(gezischt um matte Interpreten von der Bühne zu fegen)
nun eine Tat ist von beknackten Schreibtischtypen
um die Moskaus, die Washingtons in den Wind zu blasen ...

Deutsch von Gerhard Falkner

Swallows

Yellowish bowels and pinkish, bluish, greyish skin –
Born in a dustbin on a summer's day, then borne
(Five of them) on a dustpan to a garden-path
Where their ascent began into a world of white,
Into an ever snugger Biedermeier nest,
Wobbling up beside them – are well out of it.

Ghazal '85

You cannot step into the same stream twice.
You cannot even kiss the same girl's eyes
These days, when AIDS aids only abstinence.
Time – corny trope! – still flows, but hardly nice
And nobly like some river to the sea.
Instead in tears and spittle, panic-wise.

SCHWALBEN

In der Mitte blitzt's gelb; rosa; bläulich, grau drumrum –
So lag's in der Mülltonne, Sommer war's, also hab ich
Das Knäuel (fünf Piepser auf einmal) mit der Müllschaufel
In den Garten geschafft, wo ihr Aufschwung ins Helle begann,
Hoch in den weißen weichen Biedermeierhimmel,
Der zu tanzen begann – und schon waren sie auf und davon.

Deutsch von Michael Krüger

1985

Du steigst nicht zweimal in denselben Fluß.
Du küßt nicht mal desselben Mädchens Augen.
Bist gegen jede Schwäche jetzt immun.
Die Zeit fließt noch (ein überholtes Bild):
Keineswegs edel wie der Fluß zum Meer,
In Spucke, Tränen, Panik rutscht sie hin.

Deutsch von Regina Fritsch

Poetic PR

No, Sappho didn't throw herself, at thirty-odd,
Down from a cliff, and Sylvia Plath turned on the gas
Only to give the truth to all her crashing grief.
Don't think it was by accident that Shelley died
At twenty-nine: he would have known Menander's wise
Advice ›Those who the gods love …‹. As to Hölderlin,
A Jacobin, it's true he was disgusted by
The failure of his age to revolutionize
Itself, but what a brilliant ploy it was to then
›Go mad‹, as though sincerely, and to spend more than
A generation in a poky tower: the stuff
Of myth. And myth is surely what it's all about:
Imagine Nietzsche boring us at seventy
Instead of parting, ›ten years crazed‹, at fifty-five
To coincide with 1900, still a young man
Like Gorbachev. The recipe for legend, then:
To dress up ›different‹, like Boy George before he learnt
To sing; to keep it stylized, like Bowie; and –
No small feat – to pretend to have some private life
Like Jagger, author of that flawless trimeter
›And all your money crisply ironed in offshore banks.‹

PR-Arbeit für die Lyrik-Branche

Nein, Sappho stürzte sich mit Anfang dreißig nicht
Vom Felsen, und den Gashahn drehte Plath nur auf,
Damit in Wahrheit umschlug Frust und Wut und Schmerz.
Glaubt nicht, es war ein Zufall, daß der Shelley starb
Mit Ende zwanzig: klar, Menanders Werbung »Wen
Die Götter lieben ...« kannte er. Und Hölderlin?
Daß sein Zeitalter sich nicht neu erfand, hat ihn –
Den Jakobiner – freilich angeekelt, doch
Was für ein Schachzug: Sich – aufrichtig, quasi – dann
Dem »Wahnsinn« zu verschreiben und dekadenlang
Im engen Turm zu hausen. Mythen schafft man so.
Und auf die Mythenbildung kommt's wohl letztlich an.
Stellt euch vor, Nietzsche würde uns mit siebzig noch
Anöden, statt »aus langer nacht zur längsten nacht«
Zu gehn, auch noch im Jahr Null Null, ein junger Mann
Wie Gorbatschew. Legenden zaubert man wie folgt:
Kleide dich »anders«, wie Boy George, bevor er noch
Zum Sänger wurde; setz auf Stil wie Bowie; und
Gib vor, ein Private Life zu haben (gar nicht leicht),
Wie Jagger, der den hübschen Trimeter ersann:
»And all your money crisply ironed in offshore banks.«

Deutsch von Richard Dove

ANACREON '86

Hi folks! It's me, your merry
Token old man from Teos!
You know, the one who goes on
And on and on about things
Like wine and girls (repressing
The future, death, is child's play).
I too was by a phone-box,
A right red reassuring
Traditional affair, and
Was queuing, as one ought to,
To contact gods and girl-friends
When, lo, a bright cloud gathered
And poured down drops that glittered
More drunkenly than any
Falernian I've sighted.
That it was really something
The *Western Mail* suggested
Next day or the day after.
So now we're radio-active.
But who'd be video-passive?

ANAKREON 86

Hi, Leute! Ich bins! Euer
Verrückter Greis aus Tejos!
Ihr wisst: der Kerl, der immer
Nur schwatzt und schwatzt von so Zeugs
Wie Wein und Mädchen (Tod spar
Ich mir – ein Kinderspiel ist's).
Auch ich war bei der phone-box
– So ein solides rotes
Traditionelles Ding – und
Stand an, wie sich's gehört, zum
Gequatsch mit Girls und Göttern,
Als – siehe! – eine Wolke
Zog auf und goß sich glitzernd
Berauschender als jeder
Falerner über uns aus.
Daß wirklich etwas dran war –
Die *Western Mail* schrieb davon
Wohl ein, zwei Tage später.
Radioaktiv sind wir jetzt –
Wär videopassiv besser?

Deutsch von Ludwig Steinherr

Party on a Bridge

Beer, women, song and wurst, how
They distance all one's problems
In Regensburg this evening
(Not really near the border).
Eight hundred years' tradition,
Spanning the block-free Danube,
Is being celebrated
On blue, romantic cobbles
Above which Christ, with eyes closed,
Stands on the face of Satan.
How often this stone bridge – or
A part of it – has fallen
To check advancing armies.
How many who go ›ooh‹ as
The sky fills with safe flowers,
Unshocking pinks and greens, which
Don't wither but dissolve in
Ecstatic nihilism,
A Hollywood-style Star Wars,
Sense this unworldly stonework
Has got a tragic past and,
Perhaps, a tragic future?
Shame on me for not being
Merry enough to not see
That on the coat-of-arms'
Red ground the city's keys are
Crossed like two bony fingers.

BRÜCKENFEST

Bier, Frauen, Musik und Wurst, wie
Darüber alle Sorgen in die Ferne rücken
In Regensburg an diesem Abend hier
(Nicht wirklich nah der Grenze).
Man feiert die achthundertjährige
Tradition auf der Brücke über
Die blockfreie Donau;
Romantisch blaues Kopfsteinpflaster,
Darüber Christus, mit geschlossnen Augen, thront,
Satans Antlitz unter seinen Füßen.
Wie oft ist diese steinerne Brücke – oder
Doch ein Teil von ihr – eingestürzt,
Armeen aufzuhalten.
Wie viele derer, die »Oh« rufen und »Ah«
Während der Himmel sich mit zahmen Blumen füllt,
Unshocking pink und grün, mit Blüten, die
Nicht verwelken sondern aus sich herausgehn,
Ekstatische Nihilisten,
Ein Sternenkrieg für's Breitwandkino,
Wie viele also spüren wohl
Das unverdiente Leid,
Das dieses Steinwerk trug und,
Was weiß ich, noch tragen wird?
Schande über mich, der sich
Noch nicht genügend angeheitert hat,
Darüber wegzusehn,
Dass sich im Wappen
Auf blutrotem Grund die Schlüssel dieser Stadt
Wie nackte Fingerknochen kreuzen.

Deutsch von Hartmut Kasper

Before Chernobyl. From a diary of wakas (January-April '86)

NARCISSUS AT 31

In strong black coffee
I catch sight of my ageing
face, its scimitar

curve from nose to chin, its nodd-
ing, and have no wish to drown.

SUN

Every day, in slow,
slow motion, a great goal-kick –
by Jennings perhaps –

which clears all us muddy
attackers untouched, then goes in.

DREAM

Dynamo Dresden
footballers were discussing
transfers in broad Scots,

and Dundee United were
the pride of the GDR.

Vor Tschernobyl. Aus einem Tanka-Tagebuch (Januar-April 86)

NARZISS MIT 31

Im starken Kaffee
erblick' ich mein alterndes
Antlitz, die Krümmung

von Nase zu Kinn, das Ni-
cken, und wünsch' kein Ertrinken.

Deutsch von Axel Sanjosé

DIE SONNE

Täglich, in Super-
Zeitlupe, ein Torabschlag
– vielleicht von Jennings –,

der über uns verschlammte
Stürmer hinweg ins Tor fliegt.

Deutsch von Axel Sanjosé

TRAUM

Dynamo Dresdens
Spieler besprachen Transfers
in breitem Schottisch,

und Dundee United war
der Stolz, ach, der DDR.

Deutsch von Axel Sanjosé

C.D. Friedrich, ›Woman at the Window‹

Dark room, cross-bars, a
ship upon the Elbe, spring trees;
liberation from

the bind of burning green silks,
the bind of the here-and-now.

Morris Minor in London

Shabby-genteel grey
bath-tub in which a reverend
canon sedately

splashes, how unducally
Rolls' recoil to keep dry.

To a Young Tabby Cat

You hurled yourself, tense
as an existentialist,
under my wheels, are

now just content to fill up
these thirty-one syllables.

C.D. Friedrich: Frau am Fenster

dunkler raum, vergittertes fenster, ein
schiff auf der elbe, baeume im fruehling,
befreiung aus

eingebunden-sein in brennende gruene seide
ins hier-und-jetzt

Deutsch von Veronica Ostertag und Michael Speier

Morris Minor in London

Verarmte graue
Wanne, in der gesetzt ein
Domherr plantscht, wie

wenig vornehm schaudert es
Rolls Royce, will trocken bleiben.

Deutsch von Jürgen Theobaldy

Einer jungen Tigerkatze

Hast dich geworfen,
Existenzialistin,
mir vor die Räder,

bist nur noch Fleisch, das diese
einunddreißig Silben füllt.

Deutsch von Jürgen Theobaldy

Nietzsche

»The world is only
eternally justified
on aesthetic grounds.«

Modern nihilism? Trash.
It's what every Libran thinks.

Oppressed Majority

Do forward-looking
male chauvinists who never
open a vacuum-

cleaner find it harder to
foresee that we're only dust?

Taliesin

Once a capital,
now three hundred yards of low,
fatally smoking

homelets caught in a web of
rational telegraph-wires.

NIETZSCHE

Gerechtfertigt als
ästhetisches Phänomen:
ewig schöne Welt.

Moderner Nihilismus?
Quatsch. Jede Waage denkt so.

Deutsch von Axel Sanjosé

BEDRÄNGTE MEHRHEIT

Fällt es den vorwärts
blickenden Mackern, die nie
den Besen hielten,

schwerer, uns so zu sehen,
wie wir sind, aus nichts als Staub?

Deutsch von Jürgen Theobaldy

TALIESIN

Einst eine Hauptstadt,
nun auf dreihundert Metern
übel rauchende

Kleinstheime, gefangen im
Netz aus Telegraphendraht.

Deutsch von Axel Sanjosé

Portmeirion

All roads here lead to
a stoic Atlas half crushed
beneath his green world.

Without doubt the architect's
secret verdict on himself.

Pier at Itea

Flat on our backs, on
beyond mercurial talkers
beneath réverbères,

kalamari tentacles,
still warm, we stare at hot stars.

Elefsis

A modern disease
(to compulsively name-drop
Californian towns),

the home of ancient mystery
(god-forsaken now, unmissed).

PORTMEIRION

Alle Wege hier
führen zur Atlasstatue,
von Weltlast gebeugt ...

Ganz klar: des Architekten
verborgenes Selbsturteil.

Deutsch von Axel Sanjosé

PIER IN ITEA

Flach auf dem Rücken,
jenseits lebhafter Schwätzer
unterm Lampenschein,

Kalamari, noch warm, wir
starren hoch – heiße Sterne.

Deutsch von Jürgen Theobaldy

ELEFSIS

Moderne Krankheit
(zwanghaft fallen Städtenamen
aus Kalifornien),

Heimat von Mysterien
(gottvergessen, nicht vermisst).

Deutsch von Jürgen Theobaldy

Mycenae

Up beyond Restaurants
Electra and Orestes,
the blackness begins.

Our car is still branded with
the then fresh tar on that road.

On the shelf

Too pure for any
man, she paints the strict white and
blue of Cythera,

but her brush refuses at
every horizontal line.

Loredana Bertè in Milan

Sex at thirty-five.
›What is there to laugh about?‹
Husband's in Paris.

She'd like to be taller, blonde,
have blue eyes and a baby.

MYKENE

Hinter Restaurants
Elektra und Orestes
beginnt die Schwärze.

Das Auto trägt noch das Mal
des einst frischen Straßenteers.

Deutsch von Axel Sanjosé

IM REGAL GEBLIEBEN

Zu rein für einen
Mann! Sie malt das strenge Weiß,
das Blau Kithiras,

doch verweigert ihr Pinsel
jede Horizontale.

Deutsch von Jürgen Theobaldy

LOREDANA BERTÈ IN MAILAND

Mit fünfunddreißig
Sex: »Was gibt's da zu lachen?«
Ihr Mann: in Paris.

Gern wäre sie größer, blond,
mit blauen Augen und Kind.

Deutsch von Jürgen Theobaldy

Reality

Here in Plato's cave,
not far from the cemetery
where Pound lies buried,

a placid puddle gets drunk
on a street-lamp's purple light.

South of Salerno

No more pedaggio.
Fiats become buffalos
full of bitter cheese.

A flight of whores bear themselves
as proudly as Greek remains.

Riomaggiore, April

Hail is attacking
the washing at windowlets
made to be sunny.

Best of all possible worlds?
Leibniz was out of his mind.

WIRKLICHKEIT

In Platons Höhle
hier, unweit des Friedhofs, wo
Pound begraben liegt,

berauscht sich eine Pfütze
am Rot einer Laterne.

Deutsch von Axel Sanjosé

SÜDLICH VON SALERNO

Keine Gebühren mehr.
Fiats werden zu Büffeln
aus Mozzarella.

Eine Reihe Nutten: stolz
wie das alte Griechenland.

Deutsch von Jürgen Theobaldy

RIOMAGGIORE IM APRIL

Hagel bestürmt die
Wäsche vor den Fenstern, in
die Sonne gebaut.

Die beste aller Welten?
Leibniz war wohl von Sinnen.

Deutsch von Jürgen Theobaldy

To Jews who had found …

To Jews who had found
sanctuary in empty graves
during the third reich

a son was born … As if Death
were solved by its blurred rhyme Life.

End of the World

No Armageddon;
just Jehovah's Witnesses'
grins, and then vomit.

The last person will bury
the conceit in a waka.

Juden, verborgen ...

Juden, verborgen
während des dritten Reiches
in leeren Grüften,

wurde ein Sohn geschenkt: Tod,
enträtselt vom Reimwort Not.

Deutsch von Jürgen Theobaldy

Das Ende der Welt

Kein Armageddon;
nur die Zeugen Jehovas
grinsen, dann Kotze.

Der Letzte wird die Eitelkeit
begraben in einem Tanka.

Deutsch von Jürgen Theobaldy

A TRAGEDY

Unity of time, place and action –
of course there was. No stiffs on stage,
though one or two were helped off
to suffer behind the scenes.
Tragic irony also, in plenty: the commentator
said, you remember, that ›we‹ had had
seven-tenths of the play, that the other side
was clearly just playing for a draw,
that it really was only a matter of time …
then Stevens didn't mark properly,
he was literally miles away. I just don't know
how it went in, it hurt too much,
though I saw it four times, once from each angle:
an alienation-effect, as it were.
I think it was just stabbed in with Shilton ending up,
a bundle as old as the moribund Byron, over the line.
We squandered so many chances but nemesis,
as you know, is nemesis. If only the chorus
hadn't gone on about just how soon we would go ahead …
Anagnorisis? At most up on the terraces:
we kept very cool, aware as well
of the Mexican wolfhounds and army units massed outside.
Whether Aeschylus knew them or not,
the whole thing made us as sick as parrots.
Portugal 1, England 0:
a clapped-out superpower
taken by one that is even more clapped-out.
Only a specialist could deny
that it was tragic.

(World Cup Finals 1986)

Eine Tragödie

Einheit von Ort, Zeit und Handlung –
natürlich eingehalten. Keine Leichen auf der Bühne,
obwohl einem oder zwein runtergeholfen wurde,
damit sie hinter den Kulissen leiden.
Tragische Ironie auch, jede Menge: der Kommentator
sagte, Sie erinnern sich, daß ›wir‹ schon sieben Zehntel
des Spiels in der Tasche hatten, daß die andere Seite
ganz klar nur mehr auf Unentschieden spielte,
daß es wirklich nur noch eine Frage der Zeit ...
und dann deckte Stevens seinen Mann nicht richtig,
meilenweit weg stand er. Ich weiß nicht wirklich,
wie das Ding reinkam, es tat zu weh,
obwohl ich es viermal sah, einmal aus jedem Winkel:
Verfremdungseffekt eben.
Ich glaube, der Ball ging rein wie ein Dolchstoß, und Shilton,
ein Bündel so alt wie der moribunde Byron, lag jenseits der Linie.
Wir verschenkten so viele Chancen, aber Nemesis,
wie Sie wissen, ist Nemesis. Wenn nur der Chor nicht
dauernd davon geschwatzt hätte, wie bald wir in Führung
                                          gehen würden ...
Anagnorisis? Höchstens oben auf den Rängen:
wir blieben ganz cool, durchaus uns der mexikanischen
Wolfshunde und draußen massenhaft aufgefahrenen
                                          Armeeeinheiten bewußt.
Ob Aischylos jene Vogelart nun kannte oder nicht,
uns jedenfalls machte die Sache krank wie Papageien.
Portugal 1, England 0:
eine völlig kaputte Supermacht
bezwungen von einer noch kaputteren.
Nur ein Spezialist konnte abstreiten,
daß es tragisch war.

(Fußball-Weltmeisterschaft 1986)

Deutsch von Ulrike Draesner

Schopenhauer, 200 years old

They did go and
bury me alive.

I ring the bell,
as was agreed:

the coffin-lid opens,

the sky's blackish-yellow
and reddish-green,

the rain is not sweet,

a buzzing thing's creeping
busily past, pursued by
a single word, »Pessimism«.

Heaven, I must be a dandy at heart:
that's not what I meant at all.

SCHOPENHAUER, ZWEIHUNDERTJÄHRIG

Also doch
lebendig begraben.

Wie vereinbart,
klingele ich:

der Sargdeckel tut sich auf.

Der Himmel:
schwarz-gelb, rot-grün.

Der Regen:
nicht süß.

Ein schwirrendes Zeug kriecht
emsig vorüber, hinter ihm her
das Wort »Pessimismus«.

Ach, ich Dandy-Natur,
so hab ich's doch nicht gemeint.

Deutsch von Richard Dove

Self-pity, summer night

Freefloating nine o'clock
rolled round and round
inside this barrel
full of green and sheep ...

The girl and boy
capuleting on swings
are not the kids
that lithed
last summer
past the sign
Lle chwarae Playground.
Byrds, Bee Gees and Flower Power:
what song is getting
whipped dead
on *their* radio?

The sun in here is out –
round it revolve
some economics books,
or it round them.
A black swan beats
the golden waves
of graphs,
a moth about to fling itself
not into Petrarch's candle
but my angle-poise.
It rises; misses; sinks
down into pure
unsweetened orange juice,
alone, unloved,
and won't be roused.

Selbstmitleid, Sommernacht

Freischwebendes neun Uhr
rundum gerollt rundum
im Innern dieses Fasses
voll mit Grün und Schafen ...

Das Mädchen und der Junge
capulettierend auf Schaukeln
sind nicht die Kinder
die sich letzten Sommer
geschmeidig vorbeidrückten
an diesem Schild
Lle chwarae Playground.
Byrds, Bee Gees und Flower Power:
welcher Song wird
auf *ihrem* Radio
totgepeitscht?

Die Sonne hier drinnen ist draußen –
um sie kreisen
ein paar Wirtschaftsbücher,
oder sie um sie.
Ein schwarzer Schwan schlägt
die goldenen Wellen
mathematischer Kurven,
ein Nachtfalter, der sich gleich wirft –
nicht in Petrarcas Kerze
sondern in meine schwenkbare Lampe.
Er steigt, verfehlt, sinkt
herab in reinen
ungezuckerten Orangensaft,
allein, ungeliebt,
und läßt sich nicht erwecken.

Deutsch von Ulrike Draesner

Summer clouds
(reworking of a text by Mao Zedong)

Bloodload on summer clouds,
red flakes on the wing,
thousands of blossoms whirling,
withered.
Heavenly Peace is out of reach,
the Square too huge.
Tigers are hunting
fugitive youth.
The blossoms from plum-trees:
bloody slush.

June 1989

SOMMERWOLKEN
(Umdichtung eines Texts von Mao Zedong)

Blutlast auf Sommerwolken,
rote Flocken im Flug,
Tausende Blüten wirbelnd,
verwelkt schon.
Zu hoch der Himmlische Friede,
zu groß der Platz.
Tiger machen Jagd
auf flüchtige Jugend.
Pflaumenblüten:
blutiger Matsch.

Juni 1989

Deutsch von Richard Dove

III

Persephone in the undergrowth

Persephone im Unterholz

Yes, about you
for Edwige

I wake up in a lake of gentle breath.
A therapy, my brain says, not a person:
some tincture let out homeopathically,
some purple perfume that's been mixed with sleep.
Because the dawning brain's so uncontrolled,
you seem quite abstract: Fortune. Smiling now.

Actually
(Karl Krolow, 1915-99)

Actually, for love of you,
I'm on all fours.
At times one is so lonely
among the bores

who talk of happiness, who bang
on, without pause,
about a thing that is not true:
show me the claws

which everyone sharpens every day,
to great applause,
on everyone else. Actually,
only echoes

remain of words which, after all,
are mere delusion, the merest Fall.

Aus dem Deutschen von Richard Dove

DOCH, ÜBER DICH
für Edwige

In Atem, sanft verströmt, wache ich auf.
Kein Mensch, sagt mir mein Hirn, ein Heilprinzip:
Die Urtinktur, homöopathisch dünn,
Ein purpurnes Parfüm mit Schlaf verschüttelt.
Du bist – das dämmernde Hirn ist hemmungslos –
Nur allegorisch: das Glück. Mir hold zur Zeit.

Deutsch von Richard Dove

EIGENTLICH
(Karl Krolow, 1915-99)

Eigentlich wollte ich nicht
dir verfallen.
Manchmal ist man allein
unter allen,

die vom Glück reden und
doch nur lallen
von etwas, das nicht stimmt:
Zeig her die Krallen,

die täglich jeder schärft
mit Wohlgefallen
an jedem. Eigentlich
bleibt nur das Hallen

von Worten, die doch bloß
Wahn sind und bodenlos.

COSMOGONY
(homage to Nadeshda Mandelstam)

through
the
vast
asia
of
chaos
she's fled

her only light
the pre-spring smile
in her peasant eyes

she's clasping
a cooking-pot
to her in which
rolled up
the World's
hidden

the Work
of the man
who was tipped into
the sea of okhotsk

to foil her pursuers
she keeps on reciting
It to herself

in her morning head

KOSMOGONIE
(für Nadeshda Mandelstam)

durchs
gewaltige
asien
des
chaos
geflohen

ein vorfrühlingslächeln
in bauernaugen

das einzige licht

den kochtopf
gekrallt
an die brust gedrückt
darin die welt
– verdeckt –
die gibt sie nicht mehr her:

das werk
ihres mannes

den hat man
längst schon
ins ochotskische
meer gekippt

den häschern
entgegen
sagt sie es
immer wieder sich her

im morgen
kopf

erscheint es
nur ihr

Deutsch von Michael Lentz

SO MUCH IS HAPPENING ...

»... *so much is happening – / to no effect*«
(Hölderlin: *Bread and Wine*)

Somewhere in there
in that turned-off TV set:
Reality.

Here, though, a dream
that is groping in half-light,
festooned with junk bonds,
with fragments of food,
with black-and-white anxieties.

And, over the road,
the dream of a dream:
a shrunken shadow
nestling against
a tall, strong fridge –

the shadow of a lady
conversing
with her dead husband.

ABER SO VIELES GESCHIEHT ...

»... aber so vieles geschieht, / Keines wirket«
(Hölderlin, *Brod und Wein*)

Irgendwo drinnen,
im abgeschalteten
Fernsehgerät:
die Realität.

Hier ein Traum,
der in Halblichtem tappt –
mit Junkbonds behangen,
mit Essensresten,
mit schwarzweißen Ängsten.

Und, gegenüber,
der Traum eines Traums:
ein schrumpliger Schatten,
der sich lang
an den Kühlschrank
schmiegt –

der einer Greisin,
die mit dem
toten Gatten
verkehrt.

Deutsch von Richard Dove

SCHILLER'S AESTHETIC WRITINGS

Expatriated,
not much more
than skin and bone
and Hemingway,
she thinks
she has misheard when the
professor brightly volunteers
the coinage
»transcendental
homelessness«.

Heidelberg, end of the 1940s

OVEREXPOSED

His head keeps on creating what's been lost –
Dorpat and Königsberg and Czernowitz
and Karlsbad ... – On and on. On round the bend.

This photo shows him by a too white wall
in his West German garden, shaded by
black leaves: Bohemian-catholic, deeply stateless,
wrapped in a flag made out of red-gold light.

»SCHILLERS ÄSTHETISCHE SCHRIFTEN«

allein
Haut und Knochen
unhintergehbar
darein gesetzt
die Insel »Ich«:
umbrandet, abgenommen
Sonst noch was?
Eine Prise Hemingway, erinnert, vielleicht
Und hier?
Nur mal so zuhören – hier
traut sie
ihren Ohren nicht
Hat der Herr
Professor soeben nicht
freudestrahlend
was von
»transzendentale Obdachlosigkeit«
in die Welt posaunt?

Heidelberg, Ende der 40er Jahre

Deutsch von Michael Lentz

ÜBERBELICHTET

In seinem Kopf entsteht Verlorenes –
Dorpat und Königsberg und Czernowitz
Und Karlsbad ... – immer wieder, macht ihn krank.

Auf einem Bild, vor der zu weißen Mauer
Im bundesdeutschen Garten, unter schwarzen
Blättern steht er, ratlos, böhmisch-katholisch,
Von einer Fahne aus Licht – rot, gold – umwickelt.

Deutsch von Richard Dove

Death in Paris

Porcelain-frail,
on the birthday
(it seems)
of his mother's
killer,
a tired body
slips
into the bodice
of the river
which – almost –
means ›breast‹.

Paul Celan in memoriam

Net national product at factor cost
(adjusted)

Compensation of employees
+ Income from property/entrepreneurship
+ Net factor income payments
from the rest of the world
+ Psychic income (estimated):
– Vanity (pride in appearances)
– Vanity (creeping conviction the Preacher was right)
+ Net love

Tod in Paris

Seelenallein,
am Geburtstag
(vermutlich)
des Mörders
der Mutter,
schlüpft
ein Müder
ins Mieder
des Flußes,
der – fast –
›Brust‹
bedeutet.

Paul Celan in memoriam

Deutsch von Richard Dove

Nettosozialprodukt zu Faktorkosten
(bereinigt)

Einkommen aus unselbständiger Arbeit
+ Einkommen aus Unternehmertätigkeit und Vermögen
+ Saldo der Erwerbs- und Vermögenseinkommen
  zwischen In- und Ausland
+ Psychisches Einkommen (geschätzt):
  – Eitelkeit (Stolz)
  – Eitelkeit (schleichende Einsicht in die Nichtigkeit)
+ Nettoliebe

Deutsch von Richard Dove

Male ars poetica

handsome as the loops of a river
i wind my way
a product of one of nature's ruses
a part of a brief nocturnal emission of will
through this history
which hardly runs in a straight line either
and don't deviate from my path
in spite of the spark-filled dark
and the many nowdrifts
and am since i hear no melody here
quite wild about rhythm
(Sappho Alcaios enraptured couple!)
and am although just one urge among urges
in love with the light
that must hang round some bend in this tunnel –
with dear posterity

MÄNNLICHE ARS POETICA

schön wie die Schlingen des Flußlaufs
schlängle ich mich
ein Sproß der List der Vernunft
nichts als ein nächtlicher Willenserguß
durch diese Geschichte
nicht gerade geradlinig auch sie
und schere trotz sprühenden Dunkels
trotz Dünkelgestöbers
aus meiner Schneise nicht aus
und bin da ich hier kein Melos höre
förmlich auf Rhythmos versessen
(Sappho Alkaios verzücktes Paar!)
und bin als Trieb unter Trieben
vernarrt in die Funzel
am Ende des Tunnels –
die Nachwelt die liebe

Deutsch von Richard Dove

On Truth

Six foot three.
Though ready to leap,
she sat, staring fixedly,
on the compromised
sea-green sofa,
beneath the weak Pisarro,
in front of the cream French windows
that kept on applauding
the neat, sunny lawn.

Her mother was Beauty,
her father a hardworking businessman.
Her colourless dress,
reaching down to her ankles,
was carved out of marble.

Back at the end of the seventies:
I only saw her for several hours,
glanced shyly into her
Capricorn eyes,
into jaws and maw
and stony soul.
All black with a vengeance.
No pails made of stainless optimism
could find new hope there
(my troubles were crawling
innocently
between her feet).

ÜBER DIE WAHRHEIT

Ein Meter neunzig –
ein sitzendes Starren,
doch sprungbereit.
Wie deplaciert
auf dem kompromittierten
meergrünen Sofa,
unter dem schwachen Pisarro,
dicht vor den Flügeltüren,
welche den sonnigen,
hübsch gemähten Rasen
beklatschten.

Die Mutter: Schönheit,
der Vater: ein tüchtiger Fabrikant.
Ihr farbloses Kleid,
an die Knöchel reichend,
war wie gemeißelt.

Ende der Siebziger Jahre:
ich sah sie nur mehrere Stunden,
schaute ihr scheu
in die Steinbockaugen,
in Schlund, in Abgrund,
in steinige Seele.
Alles ganz schwarz.
Wie Hoffnung schöpfen
in Eimern aus lauter
Zweckoptimismus?
(Meine Leiden
krabbelten harmlos
um ihre Füße.)

How black
she found
the wimbledon-green
of that summer day.

for Denise

Rondeau

What doesn't keep returning –
Uniqueness, sorrow, joy,
Emancipation's morning,
(What doesn't keep returning?)
Victorian corsets yearning,
Callousness, sympathy.
How happy you'd be spurning
Such an eternity.

Schändlich
wie schwarz
sie das Wimbledongrün
dieses Sommertags
wahrnahm.

für Denise

Deutsch von Richard Dove

RONDEAU

Es kehrt doch alles wieder:
Einmaligkeit, Lust, Leid,
Emanzipierte Glieder –
Es kehrt doch alles wieder –,
Streng-wilhelminische Mieder,
Stumpfsinn, Betroffenheit.
Du schlägst die Augen nieder
Vor solcher Ewigkeit.

Deutsch von Richard Dove

Not a pictorial poem

Three norns
out in space.

The first, dressed in white,
is holding all that's materialised –
a universe or something much bigger –
as though it were only
made of straw
in one blasé hand.

The others have turned
away and are staring
over the parapet
into a not very regular cosmos,
a murky pond.

The one in red
has consumed and consumed,
the one in green's
wearing what-is-to-be
as a summer hat.

The muffled noises
don't fluster them:
it's only the carp,
so heavy, so old,
in the sludgy pond.

KEIN BILDGEDICHT

Drei Nornen
dort, im Raum.

Die eine, in Weiß,
hält das Gewordene –
ob Galaxien,
ob niedliche Universen –,
als sei es aus Stroh,
in einer
blasierten
Hand.

Die anderen
haben sich ab-
gewendet,
starren
über die Brüstung
in das nichtige All,
den schwarzen Teich.

Die rote hat
sehr viel verzehrt,
die grüne trägt
das Werdende
als Sommerhut.

Die dumpfen Geräusche
erschüttern sie nicht:
es sind nur
Karpfen,
schwer, uralt,
im schlammigen Teich.

(The Voyager carp
had an excellent taste,
the Presidentcarter
carp, that's right,

with a »kiss« inside it –
as though sloughy ground
were smacking
under someone's feet.)

....

Even Munch's girls
on their bridge
seem less mournful.

(Der Voyagerkarpfen
schmeckte fein,
der Präsidentcarter-
karpfen, ja,

drinnen ein »Kuß«:
als schmatzte
sumpfiger Boden
unter jemands
Tritt.)

....

Sogar Munchs Mädchen
wirken heiterer.

Deutsch von Richard Dove

Chartreuse de la Verne

Up in the hills behind St. Tropez,
cut off by its narrow, stony path.

The smell of thyme
and of timelessness.

A silence
a thousand-year-old
could perhaps begin to describe.

Some windows: ruined.
At others: faces
long drowned in prayer.

(The flesh of this place
is largely decayed,
its spirit quite clear.)

Unable to find a way
out of one room:
a frantic hornet.
It could have been Life.

CHARTREUSE DE LA VERNE

Hoch oben in den Hügeln hinter St. Tropez,
vom engen, steinigen Pfad abgeschnitten.

Geruch von Thymian,
auch der Geruch von Zeitlosigkeit.

Stille,
die ein Tausendjähriger
halbwegs vielleicht schon beschreiben könnte.

Manche Fenster: verfallen.
An andern treiben Gesichter,
die im Gebet längst ertrunken sind.

(Das Fleisch dieses Ortes
ist weitgehend verwest,
sein Geist tritt umso klarer hervor.)

Eine Hornisse, in Panik geraten,
findet aus einem der Räume
nirgends einen Ausgang.
Fast als wär sie ein Sinnbild des Lebens.

Deutsch von Richard Dove

Wiltshire countryside

A country lane you haven't seen for years.
The grass is long, the motorway is near,
the trees are darker than when you were young.
You're walking towards Wroughton with your in-laws,
both seventy now. You stumble on barbed-wire,
a compound leading to Silesia,
Sudetenland. Inside it is a wraith,
composed of smoke, in faded pink pyjamas.
You call – your girl's grandmother. She retreats.
Some men in plain clothes, faceless, move towards you.
You make off, climb aboard the 488,
a long-dead dog bounds up and settles down
beside you, still a puppy. It's a shot
you treasured for a long time, then forgot.

Die Grafschaft Wiltshire, landeinwärts

Ein Feldweg. Ewig hast du ihn nicht wiedergesehen.
Das Gras steht hoch. Nicht weit weg von hier die Autobahn.
Doch so dunkelten hier die Bäume nicht, als wir noch jung waren
                                      und hungrig.
Jetzt bummelst du neben den Eltern deiner Frau her, Richtung
                                      Wroughton.
Beide schon siebzig. Kann es sein, daß sie noch immer über
                                      Stacheldrähte
stolpern – abgeschoben in ein Lager, das in Schlesien liegt oder im
                                      ›Sudetenland‹?
Über den Appellplatz geistern, in zerschlissenen rosa Pyjamas,
                                      Wesen aus Rauch.

Ein Zuruf! Selbst Großmütter sind jetzt im Bild; die unsrige
                                      weicht zurück,
spurlos ... Beamte in Räuberzivil, vollkommen gesichtslos
                                      (als hätten sie
ihre Visagen glänzend verschachert), kommen näher, noch näher –

Du nimmst deine Beine in die Hand. Endlich, mit einem Satz
                                      zwischen den
offenstehenden Einstiegtüren des Busses hindurch, landest du auf
                                      dem leise
vibrierenden Boden. Der *Vierhundertachtundachtziger*; schon
                                      etwas ländlich.
Unerwartet springt ein Hund auf dich zu, leckt dir vertraut die
                                      Hände und
streckt sich nachher, so lang, wie er ist, neben deinem Sitz aus –
dabei muß er längst zu Moder geworden sein.

All dies setzte sich einmal zu einem unglaublichen Bild
                                      zusammen:
zu einer Art wundertätigen Ikone, die du unterm Hemd auf
                                      deiner Brust
bargst. – Vorbei! Long ago.

In no time you are in the driving-seat.
The wheel's a child's toy, not a learner-driver's;
there's no one sitting at the real one.

Der Busfahrer? Nicht mehr vorhanden! Perdu, wirklich. Da wirfst du dich
auf seinen leeren Sessel. Sein von weitem imponierendes Lenkrad
– in deinen
Händen wird es Kinderspielzeug.
Du denkst an das Ruder eines Schiffes.
Genau genommen sind wir, so lange wir leben, auf Reisen. Nur
Passagiere.
Wer aber steht breitschultrig, unbeweglich auf der
Kommandobrücke,
um den Kurs zu halten?
Niemand.

Deutsch von Heinz Piontek

Never say ›like‹ again

North of Genua, panic midday,
we saw the light at the end of the tunnel
and, coming out, a mass of red –
the cars in front braking –
and there, lying calm
as Rimbaud's sleeper in his valley,
with one arm outstretched,
with motionless beer-belly,
Baconish face,
a triumph of paint,
a man of fifty,
and by his side
an installation worthy of Stirling,
a car of course
but aspiring like a black gothic cathedral
with all the obligatory postmodern trimmings
(say no more),
black metal like the shrill polar ice
in Friedrich's *Shipwreck of Hope*,
and the only thing that was whole
was the blue and white symbol on top
like a round cross,
call it goodwill,
no more than a one-car accident,
but like like like,
he's there in my mind's eye –
go and search the archives
kept by Milan's daily papers –
and, try as I may,
I see him as the final priest
of some late religion,
a supine stylite,
maybe a subject
for a ludic narrative,
or else for an elegy too broken
for words, pictures, notes.

SAG NIE WIEDER ›WIE‹

Nördlich von Genua, Stunde des Pan,
wir sahen das Licht am Ende des Tunnels
und dann beim Herausfahrn die Masse Rot –
Bremslichter von Autos –,
und da lag einer, so ruhig
wie Rimbauds Schläfer im Tal,
einen Arm ausgestreckt,
mit reglosem Bierbauch,
Bacon-Fratze,
Triumph der Farbe,
ein Mann von fünfzig,
und neben ihm
eine Installation, eines Stirling würdig,
ein Auto natürlich,
doch hochstrebend wie eine schwarze gotische Kathedrale
mit allem obligaten postmodernen Schnickschnack
(laß es gut sein),
schwarzes Metall wie das schrille Polareis
um Friedrichs Wrack der »Gescheiterten Hoffnung«,
und das einzig Heile
war das blau-weiße Marken-Symbol oben drauf
wie ein rundes Kelten-Kreuz,
nenn es Goodwill,
nicht mehr als ein One-Car-Accident
doch wie wie wie,
ich seh ihn noch vor mir –
geh und durchstöber die Archive
der Tageszeitungen Mailands! –,
und wie ich's auch dreh
erscheint er mir als der letzte Priester
irgend einer späten Religion:
ein auf dem Rücken liegender Säulenheiliger,
ein Gegenstand vielleicht
für eine ästhetisierende Erzählung,
oder eher für eine Elegie, zu zerstört
für Worte, Bilder, Töne.

Deutsch von Ludwig Steinherr

Neo-classical torso

The face is marked
by noble simplicity,
tranquil grandeur.

No shriek,
not even a decent sigh.

It's just what Lessing
and Winckelmann ordered.

The rib-cage:
distinguished.
The missing arms:
remarkably good.

(The work of
a civil war:
dark-haired,
maybe twelve years old.)

TORSO, NEOKLASSISCH

Edle Einfalt
stille Größe
das Gesicht

Stumm.
Kein
ersticktes Seufzen.

Winckelmann, Lessing:
Grüße inkognito.

Brustkorb:
nichts auszusetzen.
Die fehlenden Arme:
wie echt

Bürgerkrieg.
Haar: dunkel, offenbar.
Zwölf Jahre
etwa.

Deutsch von Michael Lentz

Fairy-tales need children

The moon:
once round.
The stars:
ripped to pieces.
Mankind:
a war-game.

So hard to see:
our sickly suns,
our children's faces.

Not on the nature of evil

You told her, aged two,
to eat up her supper
because of the children in Africa
but also because the eagles
(her mother and you) would otherwise
pounce down and seize it.

And now, at three,
her Lord's Prayer ends:
»Deliver us from eagles.«

MÄRCHEN BRAUCHEN KINDER

Der Mond:
rund einst.
Die Sterne:
zerrissen.
Die Menschheit:
ein Kriegsspiel.

So schwer zu sehen:
unsere kränklichen Sonnen,
die Gesichter unserer Kinder.

Deutsch von Ruth und Matthew Mead

NICHT VOM WESEN DES ÜBELS

Ihr wart bedacht darauf, daß sie,
die zweijährige,
stets aufaß –
wegen der kinder in Afrika,
doch auch, weil Rübezahl
(ihre mutter und du)
sonst aus dem schwarzen wald käme ...

Nun, mit drei,
betet sie:
»... und erlöse uns von dem Rübel.«

Deutsch von Reiner Kunze

Claire at three

Your excrement is,
for you, ›like a church‹.

And when out walking
through the snow
you see ›footprincesses‹.

And when your toddling sister
stumbles, you translate back
from your first language
for me: ›She's not very fast
on her bones‹.

Carlotta, 22 months

»Say Kant.«   »Kant!«
»Say Schopenhauer.«   »Shop'n'hour!«
»Say Nietzsche.«   »Teeshirt!«

Claire mit drei

deine exkremente
sind fuer dich »wie eine kirche«

beim gehn durch schnee
siehst du
»kgl. fuszheiten«

wenn deine krabbel-schwester
stolpert uebersetzt du fuer mich
aus deiner muttersprache
»sie ist nicht gut bei ge-
bein«

Deutsch von Veronica Ostertag und Michael Speier

Carlotta mit 22 Monaten

»Sag Kant.« »Kant!«
»Sag Schopenhauer.« »Shop'n'hour!«
»Sag Nietzsche.« »T-shirt!«

Deutsch von Richard Dove

Footnote on Progress

The tiny daughter
of a thalidomide victim
who says, when asked on TV
what exactly her dad
can do with his hands:

»He can't do much yet«.

Odysseus

At sea
on a broken road in Bohemia,
some way from Chomutov,
wrecked in fact,
half lost in a ditch,
a shabby dun Skoda –
across one door,
in dreamy letters,
sprawls CALYPSO.
A self-ironic desire, maybe,
for a Western saloon.
Or just for immortality.

Randnotiz zum Fortschritt

Die kleine Tochter
des Contergan-Opfers,
die – als man sie im Fernsehen fragt,
was genau ihr Vati
mit seinen Händen gestalten kann –,
die Antwort gibt:

»Viel schafft er noch nicht«.

Deutsch von Richard Dove

Odysseus

Auf der Fahrt
über eine kaputte Straße in Böhmen
in der Nähe von Kommotau
ein gestrandeter Skoda
die graue Schnauze im Graben –
schräg über der Tür steht
in verspielter Schrift: CALYPSO.
Ein ironisches Verlangen
nach einer Luxuslimousine
im Wilden Westen?
Oder nur nach Unsterblichkeit?

Deutsch von Michael Krüger

LENAU

Your music was black, as black as your clothes:
how it thrilled and appalled the Stuttgart burghers
you kept aloof from.
Your madness was not the result of sadness
but syphilis (that much, at least, is certain),
but why did you do for Swabia
what Byron had done for Britain, for Europe?
Just good business sense? You knew your Longinus
and sent your imagination quite coldly back to school:
primeval forests, the ocean, Niagara and (always) mountains –
sublimity as the echo of a very great soul.
How much was reality, how much rhetoric, when you declared
you often felt so depressed that there must be a dead
                              man inside you?
Perhaps your heavy genes or that early betrayal in love
or even your atheistic uncle were to blame?
You had every reason when gods were dying thick and fast
around you – dying even like flies.
But maybe, if some think more deeply, others feel more deeply:
the compass of my soul, you said,
keeps quivering back to the pain in life.
And you didn't need to sail to the States
to hear the roaring cataract of transience.
Whatever the reasons for your blackness,
you ripped every string but one from your silent, invisible lyre,
but the Karlsbad ladies knew who you were
when tearing up their copies of your poems like Maenads
on hearing of your engagement (how many days did it last?).

LENAU

Deine Musik war schwarz, schwarz wie deine Kleider:
Wie es die Stuttgarter Bürger, von denen du dich
fernhieltst, erregte und erschreckte.
Deine Verrücktheit kam nicht von Trauer,
sondern von Syphilis (so viel, zumindest, ist sicher),
aber warum hast du für Schwaben getan,
was Byron für England, für Europa getan hatte?
Nur guter Geschäftssinn? Du kanntest deinen Longinus
und schicktest deine Imagination ganz schön kaltblütig
                wieder auf die Schule:
Urzeitliche Wälder, der Ozean, Niagara und (immer) Berge –
Erhabenheit als Echo einer großen Seele.
Was war Wirklichkeit, was Rhetorik, als du sagtest,
du fühltest dich so niedergeschlagen, daß ein toter Mann
                in dir sein müsse?
Vielleicht waren deine schweren Gene oder dieser frühe
                Liebesverrat
oder gar dein gottloser Onkel daran schuld?
Du hattest allen Grund dazu, wenn Götter um dich herum
schnell nacheinander starben – sogar wie die Fliegen.
Vielleicht auch, wenn manche tiefer denken, fühlen
                andere tiefer:
Der Kompass meiner Seele, sagtest du,
zittert immer wieder zurück nach dem Schmerz des Lebens.
Und du hättest nicht in die Staaten zu segeln brauchen,
um den brüllenden Katarakt der Vergänglichkeit zu hören.
Was immer die Gründe für deine Schwärze waren,
du rissest aus deiner stillen, unsichtbaren Lyra alle
                Saiten außer einer,
doch die Frauen in Karlsbad wußten, wer du warst,
wenn sie Ausgaben deiner Gedichte wie Mänaden zerrissen,
als sie von deiner Verlobung hörten (wie viele Tage hielt sie?).

Deutsch von Joachim Sartorius

Oceanus Hopkins

I guess he must be documented somewhere –
in some dutiful archive, desire-dimmed private album.
There may be a likeness or else a locket of infant hair,
a list of eventual children, the low-down
on oceanic miles he farmed or rode along
in the throes of whatever occupation.
That pretty unchristian Christian name, in the circumstances,
was surely common, and yet these two unequal halves
still hurt like an unmeant oxymoron:
half pagan god, half earthbound yeoman.
Today, with a brand-name like that and a stock
of determined rhythm in his soles,
he'd have to go far on MTV.
This brown plaque simply states ›born on voyage‹:
a Pilgrim Son, born to parents exchanging
Wotton under Edge, Gloucester
for a place without edges.

Plymouth

OCEANUS HOPKINS

Nachweise muß es sicher irgendwo geben –
in irgendeinem pflichtbewußten Archiv oder
sehnsuchtumflorten Album.
Vielleicht gibt's ein Bildnis, ein Medaillon mit Babyhaaren,
ein kleines Verzeichnis etwaiger Kinder, das Kleingedruckte
über die ozeanischen Meilen, die er beackerte oder beritt,
dem Lockruf irgendeines Berufes zwangsläufig folgend.
Unter den Umständen war dieser ziemlich unchristliche Vorname
wohl geläufig, doch schmerzen die zwei ungleichen Hälften
wie ein Oxymoron, das nicht gemeint war:
halb heidnischer Gott, halb vollends der Scholle
verhafteter Bauer.
Heute mit diesem Markennamen und einem Bestand
an entschlossenem Rhythmus in seinen Sohlen
würde er Karriere machen auf MTV.
Das braune Schild hier vermerkt schlicht »während
der Fahrt geboren«:
Ein Pilgersohn, dessen Eltern
Wotton under Edge, Gloucester,
gegen einen Ort ohne Ecken und Kanten tauschten.

Plymouth

Deutsch von Richard Dove

FRIEND OF BILL
for Bill Dehqani-Tafti

The summer of '76 ... The drought ...
The sere lawns of Oxford ... The lawn-tennis courts ...
It seems so Edwardian now,
it's hard to believe there was something
before Punk's song of experience.

You guessed at Idi Amin's reaction
to some (I can't remember) raid
on Entebbe: »o fook!«

And, four years later,
the secular son of a Christian bishop,
you met Death
in a Teheran street.

I trust you had no time
to react.

BILL'S FREUND
für Bill Dehqani-Tafti

Der Sommer von 76 ... Die Dürre ...
Oxfords versengter Rasen ... Die Tennis Lawns ...
Alles ziemlich Belle Epoche-mäßig jetzt
kaum zu glauben daß es das gab
bevor der Punk die Lieder der Erfahrung sang.

Du hattest deine Vermutungen über Idi Amins Reaktion auf
(was war es noch gleich) den Sturm
auf Entebbe: »Oh, Fuck!«

Dann, vier Jahre später, findest du,
der weltliche Sohn eines christlichen Geistlichen,
in einer Straße Teherans
den Tod.

Ich hoffe, du hattest nicht die Zeit
zu reagieren.

Deutsch von Gerhard Falkner

A schizophrenic's painting

Men in white nightclothes,
hooded, with eye-slits,
each dancing by his personal fire,
in front of caravans,
underneath a fiery sky.

In the bright shadow of Epicurus

I'm standing here in
thick and fast sunlight
with specks of dust literally
pelting down.
Atoms monads –
whatever we're called –
we're surely indivisible.
And even if the room
of each second
has a window,
we don't have to climb out
(the flight of rooms
fades into endlessness
on the horizon).
Within this second
there's no place for death,
and the dust is fresh rain
in the rampant light.

BILDNIS EINES SCHIZOPHRENEN

Männer in weissen Nachtgewändern,
kapuzenbehangen, mit Augenschlitzen –
jeder unweit des eigenen Feuers
vor Wohnwägen tanzend
unter dem feurigen Himmel.

Deutsch von Walter Helmut Fritz

IM SCHATTEN EPIKURS

Ich stehe in
dichtem Sonnenlicht
die Staubkörnchen prasseln
förmlich herunter
Atome Monaden –
egal, wie wir heißen –
wir sind doch unteilbar
Und auch wenn das Zimmer
jeder Sekunde
ein Fenster hat
wir müssen nicht raus
(die Zimmerflucht geht
in die Ewigkeit über:
am Horizont)
In dieser Sekunde
ist Sterben kein Thema
der Staub frischer Regen
im stehenden Licht

Deutsch von Richard Dove

The Form of the Future

The world is
a sonnet –
well-known,
almost courtly.

Beyond yawns
amorphous
unthinkable
distance.

For aeons now
Petrarch's
been playing

tennis
without
a net.

Das Versmass der Zukunft

Die Welt:
ein Sonett,
vertraut,
fast höfisch.

Und jenseits:
unförmige
Weiten,
undenkbar.

Petrarca
spielt Tennis
seit Aber-

Äonen
ohne
Netz.

Deutsch von Richard Dove

THE POSTPOSTREADER
for George Steiner (with thanks for **Real Presences***)*

The Book of Nature –
yes, poems, of course –
is being pulped.

Collateral damage:
by cable,
on CD.

Inter-
textuality?
One decays
without glasses.

Inter-
esting?
You're in
up to your neck.

DER POSTPOSTLESER
für George Steiner (Dank für **Von realer Gegenwart***)*

Das Buch der Natur –
ja, Lyrik, natürlich –
wird eingestampft.

Collateral Damage
per Kabel,
als CD.

Inter-
textualität?
Man verwest
ohne Brille.

Inter-
essant?
Du bist
mittendrin.

Deutsch von Richard Dove

840 MOONS
for Michael Hamburger on his 70th birthday

How many were bloody?
How many seemed round?

Silver light
fell on Soho,

perhaps,

but even then
the goldsmith in you
was busiest helping
exiled goldsmiths
without an earthly.

So no golden boughs;
Byzantium
traded in for Brixton.

For moons
that poetic swains
would sick up.

We see now:
a dandy who left
to cultivate
a swamp

and save us swamp-dwellers.

840 MONDE
für Michael Hamburger zum 70. geburtstag

Wieviel waren blutig?
Wieviel rund?

Silbernes licht
fiel auf Soho,

vielleicht,

doch auch damals
setzte sich der goldschmied in dir
vor allem ein
für exilierte goldschmiede,
die auf erden keine chance hatten.

Kein goldener boden also;
Byzantium
eingetauscht gegen Brixton.

Gegen monde,
die poetische freier
erbrächen.

Nun gewahren wir:
ein dandy, der auszog,
den sumpf zu kultivieren,

um uns, die sumpfbewohner, zu retten.

Deutsch von Reiner Kunze

For Elizabeth Jennings

Twenty years on
my clearest image is you in a pool
of afternoon sunlight,
immersed in your Rimbaud translation
like a selfless Narcissus
(the Oxford summer hermetically sealed out).

But even that image is decaying
and now it seems
the light was the light of an aureole.

Deregulation at every turn

Land's ended, unless you call this cliff land. You feel like a thief
who'd like to insure himself against being caught. Dread
                                                                            diseases!
A sickness unto death, didn't someone say, with no heavens
above and no Nietzsche below? I forget. There's no stop-loss
you could purchase to hedge such a fall. The seaweed reeks of
                                                                            both sides.
And – somewhere near – moles are talking property insurance
while dreaming of sending junior off to private school.
But those who've already taken the plunge are promenading
sweetly past you: their life-assurance bill is nil
and the market for posthumous condos has hit its cyclical low.

Cornwall

Für Elizabeth Jennings

Zwanzig Jahre später
seh ich dich am klarsten
in einem Teich aus nachmittäglichem Sonnenlicht,
in deine Rimbaud-Übersetzung versunken
wie ein Narziß, der sich selber verleugnet
(hermetisch ausgeschlossen der drückende Sommer Oxfords).

Doch auch dieses Bild zerfällt
und es scheint mir,
das Licht wär der Glanz eines Glorienscheins.

Deutsch von Richard Dove

Wettbewerbsfreiheit an jeder Ecke

Das Land hat aufgehört, es sei denn, du nennst Klippen Land.
                Du fühlst dich wie ein Dieb,
der sich versichern möchte gegen die Risiken der Verhaftung.
                              Dread-Disease-Policen!
Krankheit zum Tode, wer sagte das noch mal, kein Himmel
oben, und kein Nietzsche unten? Ich hab's vergessen. Nichts,
                was du noch kaufen könntest
zur Vermeidung weiterer Verluste, nichts da, was einen Fall wie
diesen deckt. Das Seegras müffelt
nach beiden Seiten. Maulwürfe plaudern – ganz in der Nähe
                      – über Hausratsversicherungen
und träumen von Privaten Schulen für den Kleinen.
Jene aber, die schon den Sprung wagten, promenieren
an dir vorüber, reibungslos: die Rate ihrer Lebensversicherungen
                            ist auf Null gesunken,
der Markt für postume Eigentumswohnungen liegt wieder mal
                                    am Boden.

Cornwall

Deutsch von Hartmut Kasper

One more dead white male

(»... *the tyranny of the white, middle-class, Oxbridge, male, English poet*« – *Lawrence Sail*)

You're certainly white – well, a lurid grey.
And you saw the inside of a boarding school
with fiendishly bourgeois chaggers for changing-rooms,
maggers for matrons –
although the red book being scoured
beneath imperial blankets
was written by Mao not Debrett,
although the study-floors rocked
to ›Come, come, come to the Sabbath‹.
You've got that XY tattoo to boot –
though unisex always seemed logical,
though John Wain took you that day
for a girl in the *Rose and Crown*.
Okay, he'd just had an eye operation
and, sure, he's one more dead white male,
in a deeper sense now –
though one who just happens to be
incorrigibly alive.

Ein weiterer toter weiszer Mann

(»... die Tyrannei des weiszen, dem Mittelstand angehörenden,
in Oxford und Cambridge ausgebildeten,
männlichen englischen Dichters« – Lawrence Sail)

klar, du bist weisz – na ja, ein fahles Grau.
Und das Innere eines Internats hast du auch gekannt
in teuflischem Bourgeois Jargon statt Umkleideraum chagger
                                                              gesagt
statt Hausmutter magger –
wenngleich das rote Buch das unter
den imperialen Decken verschlungen wurde
nicht von Debrett war sondern von Mao,
wenngleich die Fuszböden der Studiensäle
vom Song »Come, come, come to the Sabbath« wankten.
Und obendrein hattest du diese XY Tätowierung –
obwohl Unisex sinnvoll erschien,
obwohl John Wain an jenem Tag dich
für ein Mädchen hielt im *Rose and Crown*.
Nun ja, er hatte gerade eine Augenoperation hinter sich
und, gewisz, er ist ein weiterer toter weiszer Mann,
jetzt, in einem tieferen Sinn –
einer jedoch der zufälligerweise
vor unverbesserlichem Leben strotzt.

                 (8.5.03)

Deutsch von Friederike Mayröcker

THOUGHTS AT A FUNERAL MASS
for Friedrich Frieden

The Lord is my shepherd – you swore by Celan
but what did you think of his bitter command
»Pray, Lord. We are near?«
I shall not want – it's sad there's no space in the local graveyard,
you cannot be with your infant daughter.
He leadeth me beside the still waters –
your plot and, beyond a thin fence, a red copse,
the loud Danube flows.
Yea, though I walk through the valley of the shadow of death –
one's heard it so often it seems like sheer rhythm,
how different the German – »in finsterer Schlucht« –
so narrow, so breathless.
Thy rod and thy staff they comfort me –
you couldn't speak, yet knocked the ash
off a last cigarette with an echo of style.
And I will dwell in the house of my father – the snapshot taken
outside your father's house near Karlsbad back in May.
You couldn't go in, you have your back to the bare wall, can't see
that through an open upper window a mirror is shining –
nothing but empty, ecstatic air.

GEDANKEN BEI EINEM BEGRÄBNIS
für Friedrich Frieden

Der Herr ist mein Hirte – du schworst auf Celan,
doch was sagte dir sein bittrer Befehl:
»Bete, Herr. Wir sind nah«?
Mir wird nichts mangeln – traurig, daß kein Platz ist im
            örtlichen Friedhof,
so kannst du nicht bei deiner kleinen Tochter ruhen.
Er führet mich zum frischen Wasser –
dein Flecken Erde und, jenseits des dünnen Zauns, des roten
            Gehölzes,
dröhnt die Donau vorbei.
Yea, though I walk through the valley of the shadow of death –
so oft gehört, dieser Satz, daß er nichts mehr als schierer
Rhythmus scheint;
wie anders das deutsche – »in finsterer Schlucht« –
so gedrängt, so atemlos.
Dein Stecken und Stab trösten mich –
noch als du nicht mehr reden konntest, streiftest du die Asche
einer letzten Zigarette ab mit einem Rest von Stil.
Ich werde bleiben im Hause des Herrn immerdar – der
Schnappschuß, aufgenommen
im Mai vor deinem Vaterhaus bei Karlsbad.
Du durftest nicht reingehen, stehst mit dem Rücken zur
nackten Wand, siehst nicht,
daß durch ein offnes Fenster droben ein Spiegel blitzt –
nichts als leere, ekstatische Luft.

Deutsch von Ludwig Steinherr

Heavy foehn

»Foehn ... moves mountains« (Werner Dürrson)

You're locked in a car in a tailback in Lindworm Street,
it's September, the big wheels are spinning,
the beer-corpses sunning themselves, your head's
a hopeless headscarf wrapped round a heap of sober glass,
above there's an airship, ironically weightless,
with red and green stripes, it could be your soul
but it's advertising some camera-maker,
the buildings are swimming, that verdigrised dome
is not western at all, you're late for the funeral,
life-affirming dithyrambs from the Grateful Dead
are at number one, you're locked in a coffin,
it's raining profusely, around you people
or other things are buzzing, you're late for the christening,
it's eight years ago, it's now, or never.

STARKER FÖHN

»*Föhn ... versetzt Berge*« (Werner Dürrson)

Du steckst im Stau auf der Lindwurmstraße,
es ist September, im Zeichen der Riesenräder,
die Wiesn-Bierleichen leisten sich Sonnenbäder, dein Kopf
ist ein fahles Kopfband, zu eng um schales Glas gespannt,
über dir treibt ein Luftschiff, ironisch leicht
und rot-grün gestreift, vielleicht deine Seele,
dann doch nur Reklame, Häuser verschwimmen,
jene Kuppel dort drüben, so kupfergrün schimmernd,
wirkt keinesfalls westlich, du hast dich verspätet
auf dem Weg zum Begräbnis, die Grateful Dead, quicklebendig,
führen die Charts an, du steckst im Sarg fest,
es regnet in Strömen, um dich ein Sirren,
Menschen oder andere Wesen,
du schaffst es nicht mehr pünktlich zur Taufe,
es ist vor acht Jahren, ist jetzt, oder nie.

Deutsch von Tanja Rahneberg

Underneath Barbury Castle

Climb over the stile,
pass the small crippled tree,
don't step through the ghost
of the border collie
who's rounding up
long autumn grass.
Pause, and feel
what's going on:
you often stood on this hill,
you yourself and your glistening forbears.

Yes, this summer's broken most records
so steady yourself against the stone
which still remembers Richard Jefferies.
Its late Victorian zen's
still coming through
quiet and clear:
IT IS ETERNITY NOW.
I AM IN THE MIDST
OF IT. IT IS ABOUT
ME IN THE SUNSHINE.

Near Swindon, Wiltshire

UNTERHALB VON BARBURY CASTLE

Über den Zaun,
vorbei an dem kleinen krüppligen Baum,
tritt nicht durch das Phantom des schottischen Collie
der das lange Herbstgras
zusammentreibt.
Halt inne, und fühle
was passiert:
Du standest oft auf diesem Hügel,
du selbst und deine glitzernden Ahnen.

Ja, dieser Sommer hat die meisten Rekorde gebrochen,
lehne dich gegen den Stein
der sich noch an Richard Jefferies erinnert.
Sein spätviktorianisches Zen
kommt noch ruhig und klar durch:
JETZT IST EWIGKEIT.
ICH BIN MITTEN
DARIN. SIE IST UM
MICH IM SONNENLICHT.

Bei Swindon, Grafschaft Wiltshire

Deutsch von Ruth und Matthew Mead

Moment from a Happy Day

The clocks stop on Times Square. Those yellow cabs look like
butterflies.
The floored Titanic is rising, its band approaching top form.
The bones of Passchendaele pull themselves together. Smiles,
and whole fair frames, are emerging demurely from the ooze.
The continents couple, the North Pole's a simple stick
once more
that the pure in heart find just above a hundred acre wood.
You must be that rider who rode on the spot deep in
Silbury Hill
for I don't know how long – you're kneeling in a white
horse now
on the Wiltshire Downs, like a chalk-prospector who's struck
it rich.

MOMENT EINES GLÜCKLICHEN TAGES

Die Uhren halten an am Times Square. Jene gelben Taxis sehen
aus wie
Schmetterlinge.
Mit neuem Rumpf steigt die Titanic, und ihre Band erreicht
Höchstform.
Die Knochen von Passchendaele reißen sich am Riemen. Ein
vielfaches Lächeln
und ganze schöne Gestalten enttauchen gelassen dem Schlamm.
Die Kontinente paaren sich, der Nordpol ist einmal noch ein
einfacher Stock,
den die, die reinen Herzens sind, direkt über einem Wald von
hundert Morgen finden.
Du musst jener Reiter sein, der ritt an der Stelle tief in
Silbury Hill
ich weiß nicht wie lange – du kniest jetzt in einem weißen Pferd
im Hügelland von Wiltshire, wie ein Kreidesucher, der ein
Vermögen macht.

Deutsch von Jürgen Bulla

Pretty spaced out
(Man Mo Temple, Hollywood Road, Hong Kong)

Bank of China Tower   New World Tower   HK & Shanghai Bank Building

Ventilator   Ventilator

Spiral of Incense   Spiral of Incense   Spiral of Incense   Spiral of Incense

  City God   War God   God of Literature   Black God of Justice

Guards   Daoist immortals

Flaming cauldron   Floor with offerings
   Ten Kings of Heaven   Ten Judges of Hell

Ancestors' Temple (roll-call of spirits)   Soothsayers

Incinerator

Market   Market   Market

Pretty Spaced Out
(Man Mo Temple, Hollywood Road, Hong Kong)

Bank of China Tower New World Tower HK & Shanghai Bank Building

Ventilator				Ventilator

Weihrauchsspirale Weihrauchsspirale Weihrauchsspirale Weihrauchsspirale

Stadtgott Kriegsgott Literaturgott Schwarzer Gott der Gerechtigkeit

Wachposten				Unsterbliche des Daoismus

Kessel mit Feuer	Boden mit Opfergaben
   Zehn Himmelskönige				Zehn Höllenrichter

Ahnentempel (Geistertafeln)		Wahrsager

Verbrennungsofen

Markt			Markt			Markt

Deutsch von Richard Dove

Tropical cocktail

Each dawn the stone gods get fresh flowers in their hair.
And each night the girl-moon lies flat on her slight but
                              supple back.
A breeze reveals that it's winter-time.
A young guy is doing a smoky rendition of Rod Stewart's
                              ›Sailing‹ –
full of football, free love, free beer, and the seventies.
Loss-leaders are not just found in Chicago: a thirty-cent skirt
which turns out, deep in the improvised shop, to be for a child;
the adult's version comes at five dollars.
A doctor from the first world suggests by the swimming-pool
that all you need to do to balance the ecosystem
is mix some oestrogen in with the rice –
mysterious drop in the birth-rate in Highly Indebted Poor
                              Countries.
Maltus, you were just an artless boy collecting shells.
All day beach-vendors rattle the hotel-gates in spirit.
How would some romantic poet put it in words?
That flute's directionless melody is a washing-line
on which my soul is hanging and drying.

Bali

Tropischer Cocktail

Frühmorgens bekommen die Steingötter frische Blumen
ins Haar.
Und nachts ruht die junge Mondin unverkrampft am Rücken.
Die Brise zeigt an, daß Winter ist.
Ein Jüngling singt »Sailing« aus rauchiger Kehle,
Voll Fußball, voll freier Liebe, voll Bier, voll Siebziger Jahre.
Das Lockangebot gibt's hier auch: ein Rock für 30 Cents,
Der sich in der Tiefe des Ladens als Kinderrock entpuppt –
Die Variante für Adults kostet schon 5 Dollar.
Der Arzt aus der ersten Welt schlägt vor am Swimmingpool,
Man mische nur Östrogen in den Reis,
Schon ließe sich das Ökosystem ins Gleichgewicht bringen;
Geheimnisvoller Geburtenrückgang in armen Ländern.
Ach Maltus, du warst wie ein heiterer Knabe, der Muscheln
sammelt.
Die Strandverkäufer rütteln im Geist an den Hoteltoren.
Wie hätte ein Eichendorff alles beschrieben?
Die inkonsequente Flötenmusik ist eine Leine,
An der meine Seele hängt und trocknet.

Bali

Deutsch von Richard Dove

Dante Alighièri: Engulfing Grace ...
(Paradiso XXXIII, 82ff)

Engulfing Grace, thanks to which I presumed
    to fix my gaze on the Eternal Light,
    to let it burn till eyesight was consumed.
In that profound depth I saw leaves unite,
    bound in one book by love's compelling rays –
    leaves tossed all over by the wind of fate.
Essences, accidents and properties
    seemed fused together – and in such a way
    that disparate concepts were one simple blaze.
I think I glimpsed the form of knots which tie
    the universe together, for inside,
    while saying this, I feel still greater joy.
In a mere second more such visions fade
    than in the centuries that have gone hence
    since Neptune marvelled at the Argo's shade.
So in this way my mind, in sweet suspense,
    was all eyes – still, immovable, intent;
    the more I looked, the more all was intense.
No one transfigured by such light could want
    to turn away to stare at sights that pall
    (it is impossible he would consent),
because the good, the object of our will,
    inheres in it, and what is there complete
    becomes defective once outside light's pale.
The words that I must use now fall more short,
    even of what I remember, than would those
    formed by a baby at its mother's teat ...

Aus dem Italienischen von Richard Dove

O ÜBERREICHE GNAD'! ...
(Original von Dante, Deutsch von Karl Streckfuß)

O überreiche Gnad'! Ich dürft' es wagen,
    Fest zu durchschau'n des ew'gen Lichtes Schein
    Und ins Unendliche den Blick zu tragen.
Er drang bis zu den tiefsten Tiefen ein;
    Die Dinge, die im Weltall sich entfalten,
    Sah ich durch Lieb' im innigsten Verein.
Wesen und Zufall, ihre Weis', ihr Walten,
    Dies alles war in eines Lichtes Glanz,
    In eines unvermischten Lichts, enthalten.
Die Form, die allgemeine, dieses Bands,
    Ich sah sie, glaub' ich; denn den Schatten gleichen
    Die Bilder nur, und Wonne füllt mich ganz.
Mehr macht mein Bild ein Augenblick erbleichen,
    Als drittehalb Jahrtausende die Fahrt
    Der Argo nach Neptunus' fernsten Reichen.
Scharf, unbeweglich schaut' in solcher Art
    Die Seele nach dem göttlichen Gesichte,
    Drob sie stets mehr im Schau'n entzündet ward.
Und also wird man dort bei jenem Lichte,
    Daß es nicht sein kann, daß man, abgewandt
    Von ihm, je anderwärts die Augen richte,
Weil es das Gut, des Wollens Gegenstand,
    Ganz in sich faßt und ärmlich und voll Schwächen
    All andres zeigt, was man vollkommen fand.
Kurz werd' ich nun von dem Geschauten sprechen,
    Und sprechend stell' ich mich als Kindlein dar,
    Dem noch Erinnerung und Wort gebrechen ...

The Dante one deserves

Easter eggs lie round pell-mell. He opens the door to the cellar;
bumps into the shade of Nihilism (call it Nietzsche),
which leads him down the shaky back stairs.
60 watts, 40, 20: his fears grow ever more abstract.
And then they're as far down as one can go:
the fiery deep-freeze.

Lightly laden with food for thought
he makes his way, up albescent front stairs, towards the light:
first the song of the coffee-maker,
then Vivaldi's spring on CD,
and lastly a garden of virtual blossoms, digital flowers.

Later (his after-lunch nap calls) he climbs the ultimate steps,
drawn on by a possible Internet bride.
The skylight rolls its ironical eye:
o God!

DANTE-ÜBERTRAGUNG

Der Osterhase war schon da. Er öffnet die Kellertür,
stößt auf den Schatten des Nihilismus (nenne ihn Nietzsche),
der ihn die wacklige Hintertreppe hinunterführt.
60, 40, 20 Watt: die Ängste werden immer abstrakter.
Alsbald stehn sie unten, am Tiefpunkt:
die brennende Tiefkühltruhe.

Leicht beladen mit geistiger Nahrung
steigt er dem Tageslicht auf der richtigen Treppe entgegen:
erst das Lied der Kaffeemaschine,
dann der Frühling Vivaldis auf dem CD-Player,
dann ein Garten aus Virtuellem, Digitalem.

Später betritt er zwecks Mittagsschläfchen die letzte Treppe,
hinangezogen von der möglichen Internet-Braut.
Die Dachluke rollt ihr ironisches Auge:
O Gott!

Deutsch von Richard Dove

Persephone in the undergrowth

Autumn. Four-thirty.
The sun on the domes
of the spastics' home
has a nearly Byzantine authority.

Instead of a jog
you're doing middle-aged jaggervaults
at your sunken window,
half-dithyrambically thinking back
to a futureless present
(*It's alright for you* is playing –
the early Police,
the posthumous Wagner).

Your five-year-old
has been moulding the earth
from a two-inch slab
of plasticine.

And shows you the hole
»where Persephone goes to:
the undergrowth.«

The sun's in her face.

You say: »underworld«.

PERSEPHONE IM UNTERHOLZ

Herbstnachmittag. Vier Uhr dreißig.
Eine Sonne auf den Kuppeln
der Behindertenanstalt
von fast byzantischer Hoheit.

Statt zu joggen
machst du leicht angealterte Jagger – Sprünge
am abgesackten Fenster
etwas dithyrambisch zurückblickend
auf eine Gegenwart ohne Zukunft
(*It's alright for you* liegt auf –
die frühe Police
der postume Wagner).

Deine Fünfjährige
formt sich die Welt
aus einem Klümpchen
Knetmasse.

Und zeigt dir das Loch
»durch das Persephone
das Unterholz betritt.«

Die Sonne leuchtet ihr im Gesicht.

Nicht »Unterholz«, sagst du, »Unterwelt!«

Deutsch von Gerhard Falkner

IV

Sonnets from the Nihilese
Sonette aus dem Nihilistischen

I E-MAIL

I don't even know what language you speak
so I'll write in English. And please don't expect
a smiley: I used to think that tears
were the only thing which could damp down the fire
I felt for that count who felt little for me.
I wrote him, all told, some 200 sonnets:
a sonnet is a small sound, and he left me
to marry someone with a more resounding name.
A salamander, I lived in that fire.
I'm doing my best to learn your conventions:
that rhyming, for instance, is no longer cool.
It would just be nice to exchange some thoughts
in the night, which is clearer than any day.
Virtually, please, since my face is really not what it was.

gaspara.stampa@rime.com

I Email

Ich weiß nicht mal, welche Sprache du sprichst,
auf Englisch schreib ich daher. Erwarte kein
Smiley: ich dachte lange, nur Tränen
löschten das Feuer, das ich für jenen
Grafen empfand, der nichts an mir fand.
Schrieb ihm, alles in allem, um die 200 Sonette:
Sonett – kleiner Klang. Er verließ mich,
um eine mit klangvollerem Namen zu heiraten.
Ich lebte, ein Salamander, in jenem Feuer.
Jetzt tu ich mein Bestes, eure Regeln zu lernen:
dass Reimen, zum Beispiel, nicht mehr cool ist.
Es wäre aber nett, ein paar Gedanken auszutauschen
in der Nacht, die klarer ist als jeder Tag. Virtuell, bitte,
denn mein Gesicht ist wirklich nicht mehr, was es war.

gaspara.stampa@rime.com

Deutsch von Ulrike Draesner

II Not just another Shelley

Everyone will be Shelley for fifteen minutes
and tread the flickering boards of the Internet,
oblivious – virtually – to those who call
at the site where Ozymandias
is being built and allowed to decay, all in
thirteen seconds. There'll be no Leavis
to take one to task for being vague.
One's terza rima need not be exact.
And one can replay the clip on which Byron
first met one on that beach till one's got
one's attitude right. A dandy, they say,
is the last effulgence of heroism
in decadent times, the last way of showing
that one is not just another Shelley.

II Mehr als irgendein grosser Dichter

Jeder wird ein großer Dichter sein für'n Viertelstündchen,
der sich tummelt auf der Glitzerbühne Internet,
brav und virtuell getrennt von den Besuchern
jenes Fensters, wo Sonette gebusselt
erst, dann gleich beerdigt werden in nur
dreizehn Sekunden. Dort gibt es keinen
Kritiker, um pubertäres Denken zu verreißen.
Niemand prüft die lieben Verslein auf korrekten Takt.
Man ist frei, den Clip so oft zu wiederholen,
bis die Haltung stimmt, wenn zwei am Strande
schmachtend sich begegnen. Und ein Dandy, heißt es,
ist in dekadenter Welt des Heroismus
letzte Ausdrucksform: der allerletzte Beweis,
daß man eben mehr ist als irgendein großer Dichter.

Deutsch von Ralf Harner

III An afterlife

Pascal is wagering that there is an afterlife
while Nietzsche reckons that longing for nothing
is better than having nothing to long for.
And Baudelaire meanwhile is foundering
in Pascal's abyss, that one that he dug
for himself in satiny alexandrines.
Flaubert, high on his stylite's column,
is sorely vexed by flesh oriental.
Russell is still not convinced about
the US contribution to film, though Dickinson
is pleased to see her unpublished wit
has spawned so many bonny babies down the years.
Angels are dancing on pinheads all right, but
they seem to some like motes in a ray of prison sun.

III Ein Leben nach dem Tod

Pascal: er wettet auf ein Leben nach dem Tod.
Nietzsche dagegen findet: besser als
Nichtwollen sei, das Nichts zu wollen.
Baudelaire indessen strauchelt, sinkt
in Pascals Abgrund, den er aushob für
sich selbst in seidigen Alexandrinern.
Flaubert, der Säulenheilige hochoben
ist arg bedrängt vom Fleisch des Orients.
Und immer noch nicht überzeugt von dem US-Beitrag
zur Filmgeschichte ist Bertrand Russell;
Emily Dickinson jedoch gefällt, daß ihre ungedruckten Geistes-
blitze seither so viel prächtige Kinder zeugten.
Sacht tanzen Engel über Nadelspitzen, auch wenn's manchen nur
wie feiner Staub erscheint im Lichtstrahl der Gefängnissonne.

Deutsch von Werner Dürrson

IV Heart of Darkness

Not hard to deconstruct you, Joseph Conrad:
varnished sprits on page one, vanished spirits;
all the ships whose names are like jewels
flashing in the night of time; the book by Towson,
or Towser, luminous with another
than a professional light; the faith
that shone with an unearthly glow in the
darkness, in the triumphant darkness,
in Kurtz's fiancée. You're a mystic
beneath that salty gruffness. You use the word ›absurd‹
so often that Dada was plainly your
kid brother, impelling you to tell ›what it really means‹:
two ridiculous shadows that trailed behind them slowly
over the tall grass, but without bending a single blade.

IV Herz der Finsternis

Nicht schwer, dich zu dekonstruieren, Joseph Conrad:
auf Seite eins, übertüncht von Spriets, verblasste Spirits;
all die Schiffe mit den Juwelennamen
funkeln in der Nacht der Zeiten; das Buch von Towson,
oder Towser, genährt von einem anderen
als dem Licht eines Könners; der Glaube
in der Verlobten des Kurtz, der mit nicht mehr
irdischer Glut in die Finsternis strahlte,
die siegreiche Finsternis. Mystisch bist du,
unter der Rauheit des Seemanns. Gebrauchst das Wort ›absurd‹
so oft, dass Dada ganz offensichtlich dein
kleiner Bruder war, der dich zwang zu sagen, ›was es
                                                            wirklich heißt‹:
zwei lächerliche Schatten, die langsam hinter ihnen krochen
über das hohe Gras, doch ohne auch nur einen Halm
                                                            zu knicken.

Deutsch von Jürgen Bulla

V The thirteen decades in a century

The thirteen decades in a century:
Futurism plus sleek limousines;
Communism plus electricity;
Fascism plus the maggot in man;
Constructivism – the rise of coolness;
Formalism – anxiety (Auden);
Totemism – the global village;
Consumerism, being consumed (that dialectic);
Feminism – dress down and redress;
Monetarism plus unemployment;
Deconstructivism plus nothing;
Postmodernism – a longer word for html;
Isms are wasms – the latest ideology;
Kondratieff's next gyre lacks a falconer.

V Dreizehn Jahrzehnte – ein Jahrhundert

Ein Jahrhundert aus dreizehn Jahrzehnten:
Futurismus plus Stretch-Limousinen;
Kommunismus – elektrifiziert;
Faschismus – der Wurm im Menschen;
Konstruktivismus – Coolness siegt;
Formalismus – Zeitalter der Angst;
Totemismus – globales Dorf;
Verbraucher – verbraucht (auch eine Dialektik);
Feminismus – Rache und Recht;
Monetarismus plus Sozialamt;
Dekonstruktivismus plus Nichts;
Postmoderne – alias html;
Ismen ade – noch eine Ideologie;
Kondratieffzyklus – Jagd ohne Falkner.

Deutsch von Hans Magnus Enzensberger

VI WHEN THEY SLIPPED THAT BLINDFOLD ON IN FRONT OF THE WALL

When they slipped that blindfold on in front of the wall,
it wasn't Munch's bloody sunset you thought of,
that creature screaming inwardly as she
crosses the bridge into countless banks and offices.
But rather of Archimboldo's vegetables
which, when inverted, proffer up a human face;
the velvet that Titian painted in old age;
the queasy face of a queen by Velázquez;
the beached whales Dürer equipped with fins,
because he saw them; the lone lamp burning
away in a darkening building, the dwindling
Empire of Light; the rickety bridge
and rampant garden that fired the late Monet;
bells in some Japanese fog and a hidden mountain.

VI Als sie dir jene Augenbinde vor der Mauer überstreiften

Als sie dir jene Augenbinde vor der Mauer überstreiften,
da dachtest du wohl nicht beim blut'gen Abendrot
an Munchs Mündin, die einzig Schrei,
wie auf der Brücke sie zu Glaspalästen taumelt.
Statt dessen an Archimboldos Gemüseladen,
der, umgedreht, ein menschliches Antlitz verrät;
an Samt, wie ihn malte der alte Tizian;
an jene leichenblasse Königin von Velázquez;
an Dürers gestrandete Wale, vom Glauben
mit Fischflossen geschmückt; an die einsam im sich
verdunkelnden Tempel abbrennende Lampe, das schwindende
Reich des Lichtes; an modernde Brücken
und wildernde Gärten, die verjüngten den greisen Monet;
an Glocken in Nippons Nebel und einen verhüllten Berg.

Deutsch von Ralf Harner

Anmerkungen

Die meisten dieser – weitgehend chronologisch angeordneten – Texte entstanden zwischen 1976 und 1986. Abschnitt III kam in den 90er Jahren und Abschnitt IV zwischen 1997 und 2001 hinzu.

S. 15 *Nietzsche:* Tanja Rahneberg weist darauf hin, daß ihre Formulierung »den unermüdlich besten Feind« auf eine Stelle aus *Also Sprach Zarathustra* zurückgeht: »Und ich bin auch euer bester Feind.«

S. 31 *Licht der Welt:* Holman Hunts Gemälde »Light of the World«, das in der Kapelle des Keble College, Oxford hängt, zeigt Christus, der an die efeubewachsene Tür des menschlichen Herzens anklopft.

S. 41 Die Schlußzeilen im Zyklus *Verlust* stammen von Ernst Meister (aus »Skorpion«: E.M., *Die Formel und die Stätte*, Aachen 1987, S.79).

S. 67 *Berauscht euch:* Im Text »Enivrez-vous« (aus den Prosagedichten *Le Spleen de Paris*), der mit der Aufforderung »Il faut être toujours ivre« einsetzt, bietet Baudelaire seinen Lesern nur drei mögliche Arten von Rausch an: »Wein, Poesie oder Tugend«.

S. 69 *Beim öffnen von Byrons gruft:* Die Gruft wurde am 15. Juni 1938 geöffnet; vgl. die Schilderung von A.E. Houldsworth, »People's Warden« an der Hucknall Parish Church, abgedruckt in Lady Longford, *Byron*, London 1976, S.215 ff.

S. 71 *Choliamben:* Der Originaltitel *Sawn-off scazons*, »Hinkjamben mit abgesägtem Lauf«, spielte darauf an, daß das vorgegebene Versmaß um einen Fuß verkürzt worden war. Zu Zeile 4 vgl. folgende Bemerkungen des Übersetzers Axel Sanjosé: »die zeile ›You mind the five feet, what about the six inches‹ fällt ja insofern aus dem rahmen, als hier ein ›echter‹ choliambus vorliegt, wobei wort- und positionsbetonung lustigerweise bei ›feet‹ heftig aneinander geraten und uns sagen: die grundsätzliche fünffüßigkeit ist hier gestreckt. ob ich diese metrische, pardon, erektion im deutschen hinbekomme, weiß ich nicht, vor allem wegen der maßeinheiten: versteht der leser ›fünf fuß‹ und ›sechs zoll‹?«. »deine berüchtigte langzeile hat bei mir nun acht füße, um den schwellvorgang noch zu verdeutlichen.« (eMails vom 24. Oktober bzw. 28. Oktober 2002)

S. 75 *De Sades Tage in Sodom*: Eine Reaktion auf de Sades Buch *Les 120 Journées de Sodome* (1785).

S. 77 *Frühling*: Später ein bedeutender Psychologe und Psychotherapeut, veröffentlichte Arthur Kronfeld (1886-1941) – der sich, vermutlich aus Angst vor den Nationalsozialisten, in Moskau das Leben nehmen sollte – als junger Mann Gedichte in den expressionistischen Zeitschriften *Der Sturm* und *Die Aktion*; sein Sonett *Frühling* erschien in der von Kurt Hiller herausgegebenen Anthologie *Der Kondor*, Heidelberg: Verlag Richard Weissbach 1912 (Reprint: Berlin: Silver und Goldstein Buchverlag 1989).

S. 83 *No Future*: Ausgangspunkt war die Horaz-Ode I,11: »Frag, o frage du nicht, Leúconoé, – Fragen ist Frevel! – wann / Dir von Göttern und mir falle das Los; forsch in den Sternen nicht: / Sterne trügen – Dir frommt besseren Trosts, komme was kommt, Geduld. / Ob der Winter uns viel Juppiter gönnt oder den letzten hier, / Der Tyrrhenergewog an des Gebirgs bröckelnder Flanke heut / Umtreibt.- Denke daran, kläre den Wein, kürze den Hoffnungen, / Schmaler Schranke gemäß, Zügel und Zaum. Da wir noch redend stehn, / Floh das neidische Jahr.- Pflücke den Tag; glaube dem nächsten nichts.« (Übersetzung: Rudolf Alexander Schröder)

S. 87 *Dialog zwischen Depressiv und Manisch*: Das galliambische Metrum wurde schon in alexandrinischer Zeit von Callimachos verwendet, erlangte aber bizarre Berühmtheit wegen Catulls Carmen 63, in dem die ritualistische Kastration des Attis inszeniert wird. (»The basic line is best regarded as two closely related sequences of eight syllables, intended clearly to represent the dialogue of kettledrum and cymbals«, *Catullus. The Poems*, hg. Kenneth Quinn, London 1973, S. 284)

S. 89 *Distichon*: Fußt auf einer in England beliebten Anekdote. Der dänische König Canute, ab 1016 auch englischer König, ließ seinen Thron ans Meer bringen, um seinen Hofschranzen zu beweisen, daß er – im Unterschied zu Gott – nicht allmächtig war: »The tide came in, just as it always did. The water rose higher and higher. It came up around the king's chair, and wet not only his feet, but also his robe. His officers stood before him, alarmed, and wondering whether he was not mad. ›Well, my friends,‹ Canute said, ›it seems I do not have quite so much power as you would have me believe.‹« (James Baldwin, *The Book of Virtues*, New York 1993)

S. 93 *An einen neoliberalen Politiker:* Die Originalfassung lautet: »Selig preis ich dich, Zikade, / Die du auf der Bäume Wipfeln, / Durch ein wenig Tau geletzet, / Singend, wie ein König, lebest. / Dir gehöret eigen alles, / Was du siehest auf den Fluren, / Alles, was die Horen bringen. / Lieb und wert hält dich der Landmann, / Denn du trachtest nicht zu schaden; / Du den Sterblichen verehrte, / Süße Heroldin des Sommers! / Auch der Musen Liebling bist du, / Bist der Liebling selbst Apollons, / Der dir gab die Silberstimme. / Nie versehret dich das Alter, / Weise Tochter du der Erde, / Liederfreundin, Leidenlose, / Ohne Fleisch und Blut Geborne, / Fast den Göttern zu vergleichen!« (Übersetzung: Eduard Mörike)

S. 117 *Hipponax:* Dieser griechische Dichter (6. Jh. vor Chr.) erfand den Choliambus (Hinkjambus) für seine Schmähreden. In späteren Zeiten u. a. von Catull, Martial und Rückert eingesetzt.

S. 119 *Reds Animals:* Im Mai 1985 starben im Brüsseler Heysel-Stadion beim Europacup-Endspiel Liverpool-Juventus Turin 39 Menschen. Als Liverpool-Anhänger die Juve-Tifosi provozierten, setzte eine Massenpanik ein, bei der eine Mauer zusammenbrach. Als Folge wurden alle englischen Fußballclubs für 5 Jahre, Liverpool für 7 Jahre von den europäischen Cup-Wettbewerben ausgeschlossen. »I'm an Englishman ...«: Abwandlung des Terenz-Wortes *homo sum; humani nihil a me alienum puto.*

S. 125 *Bastarde gibt's ...:* Entstand 1983 auf dem Gipfel der Nachrüstungswelle. Eine deutsche Fassung von Petrarcas Original liefert Karl Kekule (1844): »Es giebt Geschöpfe von so kühnem Blicke, / Daß er sich stolz zur hohen Sonne kehret; / Und andre, die das große Licht versehret, / Ruh'n bis zum Ausflug sich der Abend schicke. / Noch andre wähnen thörigt, sie erquicke / Das Feuer, weil es *glänzt;* doch es belehret / Sie grausam, daß es *brennend* auch verzehret. / Weh' mir, zu *diesen* reiht mich mein Geschicke. / Nicht hab' ich Macht, vor'm Lichte zu bestehen / Der hohen Frau; noch lernt ich ihm entweichen / Im Schirm des Abends und der Schattenräume. / So muß ich denn mit meinen thränenreichen / Und schwachen Augen immer *sie* nur sehen, / Und weiß doch, ich verbrenne, wenn ich säume.«

S. 131 *PR-Arbeit für die Lyrik-Branche:* Die Zeile, die Nietzsches geistige Umnachtung und Tod umschreibt, entstammt Stefan Georges Zeitgedicht *Nietzsche* (1907): »[…] Hier sandte er auf flaches mittelland / Und tote stadt die lezten stumpfen blitze / Und ging aus langer nacht zur längsten nacht.«

S. 137 ff *Vor Tschernobyl:* Zu seinen Beiträgen schreibt Jürgen Theobaldy: »Wie Sie sehen, will ich die Form einhalten, auch wenn diese Form aus Japan noch äußerlicher ist, als es die Metren aus dem Griechischen und Lateinischen sind. Denn ganz äußerlich ist sie eben doch nicht. Sie fördert die Formulierung aus dem Handgelenk, die kurz angesetzten Treffer.« (eMail vom 24. März 2003)

S. 157 *Sommerwolken:* Als die Ereignisse am Platz des Himmlischen Friedens über den Bildschirm flimmerten, las ich zufällig die gepflegten Gedichte des Mao Zedong. Maos Original heißt *Winterwolken:* »Schneelast auf Winterwolken, weiße Flocken im Fluge, / zehntausend Blüten, zahllos verwelkt, auf einmal so selten. / Hoch der Himmel, Wirbel an Wirbel, der Frost strömt gierig, / groß die Erde, wenig, wie wenig Wärme, ein Lufthauch. / Einzig mutige Männer machen Jagd auf den Tiger, / noch geringer ist der Tapferen Furcht vor dem Bären. / Prunusblüten zur Freude, daß weit der Himmel verschneite; / starr gefroren die Fliegen, und keiner, den es wundert.« (*Mao Tse-tung: 37 Gedichte*, übersetzt von Joachim Schickel, München 1967, S. 42)

S. 169 *Tod in Paris:* Dieser Text wurde von folgender Mutmaßung im kritischen Apparat einer Celan-Ausgabe angeregt: »Vermutlich 20. April [1970]: Tod in der Seine« (Paul Celan, *Gesammelte Werke*, hg. B. Allemann/S. Reichert, Bd. 3, Frankfurt/M 1986, S. 214). Der 20. April war Hitlers Geburtstag.

S. 183 *Die Grafschaft Wiltshire, landeinwärts:* Von der englischen Vorlage ausgehend hat Heinz Piontek eine eigenständige

Meditation über die irdischen Dinge geschaffen. Vgl. dazu seinen Brief vom 27. August 2002: »Entschuldigen Sie bitte, daß ich aus Ihrem Gedicht-Block ein Strophengedicht gemacht habe. Ich kann nicht anders. (Ich bin noch der altmodischen Ansicht: Gedichte sind an sich »dunkel« genug. Ohne Leerzeilen, ohne sinngemäße Absätze werden sie unnötig noch »dunkler«.)«

S. 199 *Oceanus Hopkins:* Die Suchmaschine macht solche Vermutungen obsolet: Eine kurze Internetrecherche ergibt, daß Oceanus – das einzige Baby, das während der Überfahrt auf der *Mayflower* den Pilgrim Fathers geboren wurde –, schon als Kleinkind verstarb.

S. 201 *Bill's Freund:* »Friends of Bill« hießen 1993, als der Text entstand, die Freunde und Anhänger des 42. US-Präsidenten William Jefferson Clinton.

S. 209 *840 monde:* In seiner Autobiographie *A Mug's Game*, Manchester 1973 (dt.: *Verlorener Einsatz. Erinnerungen*, Stuttgart 1987) berichtet Michael Hamburger (Jg. 1924) von seinen Begegnungen mit Literaten im Londoner Stadtteil Soho sowie von seiner Beziehung zum mittellosen Dichter und Goldschmied Peter Karl Höfler (»Jesse Thoor«), dessen Werke er später herausgab. »Byzantium«: Hamburger, der als junger Lyriker im Bann der hochartifiziellen Lyrik des späten Yeats stand (vgl. dessen Gedicht »Byzantium« 1930), entwickelte einen zunehmend offenen Wahrnehmungsmodus, der sich auch und gerade den Nöten der Unterprivilegierten nicht verschloß (vgl. etwa das Gedicht »Brixton« in M.H., *Unteilbar. Gedichte aus sechs Jahrzehnten*, München 1997, S. 40f).

S. 211 *Für Elizabeth Jennings:* Elizabeth Jennings (1926-2001), englische Lyrikerin, deren religiöses Gefühl und formales Können an gewiße »metaphysical poets« des 17. Jahrhunderts wie etwa Robert Herrick erinnern. Bei Gesprächen bis tief in die Nacht weihte sie ganze Generationen von Oxforder Studenten in die Geheimnisse der Poesie ein.

S. 213 *Ein weiterer toter weiszer Mann:* John Wain (1925-94), Studium in Oxford, englischer Lyriker und Romancier, 1973-78 Professor of Poetry in Oxford; »red book«: Maos »Little

Red Book« und Debretts »Peerage and Baronetage«; »Come, come, come to the Sabbath«: Teil des Refrains eines finsteren Beschwörungslieds aus der Heavy bzw. Black Metal-Ecke, Ende der 60er Jahre.

S. 219 *Unterhalb von Barbury Castle:* Der Naturphilosoph und Mystiker Richard Jefferies (1848-87) wurde in der Nähe von Swindon geboren und lebte jahrelang in der Landschaft Wiltshires. Der Spruch auf dem Gedenkstein stammt aus seiner Autobiographie *The Story of My Heart* (1883): »It is eternity now. I am in the midst of it. It is about me in the sunshine; I am in it, as the butterfly in the light-laden air. Nothing has to come; it is now. Now is eternity; now is the immortal life.«

S. 227 *O überreiche Gnad'!...:* Die Dante-Übertragung von Karl Streckfuß (1779-1844) erschien 1824 in Berlin.

S. 231 *Persephone im Unterholz:* »It's alright for you« ist ein Titel des Police-Albums *Reggatta de Blanc* (1979).

S. 233 ff Die Sequenz *Sonnets from the Nihilese*, der diese sechs Proben entstammen, stellt den Versuch dar, den großen Liebeszyklus *Sonnets from the Portuguese* der viktorianischen Lyrikerin Elizabeth Barrett-Browning (übersetzt von R.M. Rilke als *Sonette aus dem Portugiesischen*) fortzuschreiben bzw. dem Lebensgefühl eines späteren Zeitalters anzupassen.

S. 235 *eMail:* Montage von Stellen aus Sonetten der Gaspara Stampa (1523-54).

S. 237 *Mehr als irgendein großer Dichter:* »15 Minuten«: Andy Warhol »In the future, everyone will be famous for fifteen minutes« (1968); »Ozymandias«: P.B. Shelleys bekanntes Vanitas-Sonett; »Leavis«: Die vernichtende puritanische Shelley-Deutung des Großkritikers F.R. Leavis erschien in dessen Buch *Revaluation. Tradition and Development in English Poetry,* London 1936; »Terzinen«: In seinen späten Zwanzigern verfaßte der »späte« P.B.S wichtige von Dante ausgehende Terzinen-Gedichte, darunter »The Triumph of Life«, dessen letzte Frage »Then what is Life?« durch Shelleys Unfalltod unbeantwortet bleibt; »Beach«: Byron begegnete P.B.S zum ersten Mal auf einem ligurischen Strand; »Dandy«: vgl. Baudelaire: »Le dandy est le dernier éclat d'heroisme dans les décadences« *(Le peintre et la vie moderne).*

S. 239 *Ein Leben nach dem Tod:* »Pascals Wette«: Fragment 233 der Pensées: (etwa) »Wenn Gott nicht existiert, verliert man mit seinem Glauben nichts, falls er aber doch existiert, verliert man ohne zu glauben viel.«; »Nietzsche«: »lieber will noch der Mensch *das Nichts* wollen, als *nicht* wollen ...« *(Zur Genealogie der Moral);* »Pascals Abgrund«: vgl. Baudelaires Gedicht *Le Gouffre:* »Pascal avait son gouffre, avec lui se mouvant...«; »Flaubert«: *Les Tentations de Saint Antoine;* »Russell«: dieser Zufallssatz ist einem Zeitungsbericht entnommen; »Dickinson«: Emily Dickinson (1830-86) – es gehört zu den größeren Skandalen der Literaturgeschichte, daß E.D.s lässig daherkommende aber verstörende Gedichte zu ihren Lebzeiten ungedruckt blieben (erste Auswahl: 1890).

S. 241 *Herz der Finsternis:* Im ersten Kapitel von Conrads Roman begegnet die scheinbar entstellte Stelle »varnished sprits«, eine nautische Kollokation («lackierte Spriets«), die *sub rosa* an »vanished spirits« (»entschwundene Geister«) erinnert. Vgl. dazu: »The first page of Broadview's [Ausgabe von] *Heart of Darkness* contains the odd [!] error »varnished spirits« instead of »varnished sprits««(www.bathspa.ac.uk/conrad/journals/ hawthorn.htm).

S. 243 *Dreizehn Jahrzehnte – ein Jahrhundert:* Der russische Volkswirtschaftler Nikolai D. Kondratieff postulierte in den 20er Jahren des vergangenen Jahrhunderts langfristige Innovationszyklen bzw. -wellen. »Falconer«: vgl. die Anarchie-Hypothese in Yeats' Gedicht *The Second Coming* (1921): »Turning and turning in the widening gyre / The falcon cannot hear the falconer ...«

S. 245 *Als sie dir jene Augenbinde ...:* Daß der Kapitalismus auch Munchs scheinbar nicht zu glättende Explosion »Der Schrei« vereinnahmen konnte, war eine besonders denkwürdige Leistung; »Reich des Lichts«: Magrittes Bild »L'Empire des lumières« (1958); die obsessiven Garten-Beschwörungen des späten Monet dominierten eine Ausstellung im Museum of Modern Art, New York (Sommer 1997).

DIE ÜBERSETZER

Jean Boase-Beier (JBB)
Jürgen Bulla (JB)
Richard Dove (RD)
Ulrike Draesner (UD)
Werner Dürrson (WD)
Jürgen Dziuk (JD)
Hans Magnus Enzensberger (HME)
Richard Exner (RE)
Gerhard Falkner (GF)
Regina Fritsch (RF)
Walter Helmut Fritz (WHF)
Ralf Harner (RH)
Hartmut Kasper (HK)
Michael Krüger (MK)
Reiner Kunze (RK)
Anton G. Leitner (AGL)
Michael Lentz (ML)
Friederike Mayröcker (FM)
Ruth und Matthew Mead (RMM)
Veronica Ostertag und Michael Speier (VO/MS)
Heinz Piontek (HP)
Tanja Rahneberg (TR)
Axel Sanjosé (AS)
Joachim Sartorius (JS)
Ludwig Steinherr (LS)
Jürgen Theobaldy (JT)
Paul Wühr (PW)

QUELLENNACHWEIS

Deutsche Fassungen der folgenden Texte erschienen schon in Richard Dove, »Farbfleck auf einem Mondrian-Bild. Gedichte«, St. Ingbert: Edition Thaleia 2002: *Schopenhauer, 200 years old; Summer clouds; So much is happening; Overexposed; Death in Paris; Net national product at factor cost; Male ars poetica; On Truth; Rondeau; Not a pictorial poem; In the bright shadow of Epicurus; The form of the future; The postpostreader; Pretty spaced out; Tropical cocktail; The Dante one deserves* © Edition Thaleia St. Ingbert.

Einige Texte standen in den folgenden Zeitschriften: *Agenda* (London), *Invisible City* (San Francisco), *Oasis* (London), *Oxford Poetry Now*, *PN Review* (Manchester). Die Übersetzungen von Sonetten Georg Trakls und Karl Krolows wurden zunächst in *Agenda, German Poetry Special Issue* (hg. Michael Hamburger / Richard Dove), Bd. 32/2 (1994), die Übersetzung aus Dante in *Agenda, Dante, Ezra Pound and the Contemporary Poet*, Bd. 34/3-4 (1996) veröffentlicht. Reiner Kunzes Fassung von *On opening Byron's vault* erschien zunächst im *Jahrbuch der Lyrik 2004* (München: C.H. Beck 2003) und anschließend, neben vier anderen der hier vorliegenden Übertragungen, in Reiner Kunze, »Wo wir zu Hause das Salz haben«, Frankfurt/M: S. Fischer 2003. Joachim Sartorius' Übersetzung von *Lenau* wurde im Rahmen seiner Kolumne »Nachrichten von der Poesie« in der *Süddeutschen Zeitung* vom 4. August 2003 vorabgedruckt.

Die Strophe Ernst Meisters, die im Zyklus »Loss« / »Verlust« erscheint, entstammt dem Gedicht *Skorpion*, in E. Meister, **Die Formel und die Stätte**, Aachen: Rimbaud 1987, S. 79, © Rimbaud Verlagsgesellschaft Aachen. Karl Krolows Sonett *Eigentlich* ist abgedruckt in dem Band K. Krolow, **Gesammelte Gedichte**, Band 4, S. 40, © Suhrkamp Verlag Frankfurt/M 1997.

Wir danken den Rechteinhabern für die freundliche Genehmigung des Abdrucks.

INHALT

I ON OPENING BYRON'S VAULT
   Beim Öffnen von Byrons Gruft

Media in vita · 6
   Media in Vita (WHF) · 7
A cross in chalk is marked outside · 8
   Draußen ist ein Kreuz mit Kreide angebracht (JS) · 9
Humanity · 10
   Der Mensch (RD) · 11
Root creations · 12
   Wurzel-Schöpfungen (JBB) · 13
Nietzsche · 14
   Nietzsche (TR) · 15
Decay · 16
   Verfall (Original von Georg Trakl) · 17
Ditty · 18
   Liedchen (RD) · 19
For E.W. · 18
   Für E.W. (RD) · 19
Ghazal · 20
   Ghasel (LS) · 21
Nolde's Princess and Beggar · 20
   Nolde's Prinzessin und Bettler (JB) · 21
Dufy's Deauville · 22
   Dufys Deauville (LS) · 23
The stream · 22
   Der Strom (Original von August von Platen) · 23
You lover I lost · 24
   Du im Voraus (Original von Rainer Maria Rilke) · 25

Loss · 26
   Verlust (JD, RD, MK, RK, LS, PW) · 27

Booklet of Hours · 42
   Stundenbüchlein (WHF) · 43

The heavens sit · 44
  Die Himmelskörper sitzen (JB) · 45
An ode · 46
  Ode (RK) · 47
Threnody · 48
  Klage (RE) · 49
Driving through Devon (A Eucharist) · 50
  Ein Abendmahl (JD) · 51
Charlottenburg · 52
  Charlottenburg (RD) · 53
Hare's sonnet · 54
  Hasenonett (RF) · 55
In memoriam Ernst Meister · 56
  In memoriam Ernst Meister (JB) · 57
Ice Age · 58
  Eiszeit (UD) · 59
Punk Rock · 62
  Punk Rock (JB) · 63
Enivrez-vous · 66
  Berauscht euch (RD) · 67
On opening Byron's vault · 68
  Beim öffnen von Byrons gruft (RK) · 69
Sawn-off scazons · 70
  Choliamben (AS) · 71
Sappho · 72
  Sappho (JB) · 73
De Sade's days in Sodom · 74
  De Sades Tage in Sodom (HK) · 75
Spring · 76
  Frühling (Original von Arthur Kronfeld) · 77

II NUCLEAR-SURVIVOR'S NIGHT-SONG
   Nuklearholokaustüberlebenden-Nachtlied

Hermeticism rules, okay? · 80
  Dichter vertickt. Alles? (AGL) · 81

Falklands. May '82 · 82
   Falkland-Inseln. Mai 82 (RD) · 83
No Future · 82
   No Future (RD) · 83
Choriambics · 84
   Choriamben (RF/RD) · 85
Dialogue of Depressive and Manic · 86
   Dialog zwischen Depressiv und Manisch (RD) · 87
Distich · 88
   Distichon (RD) · 89
Yes, that Italian girl · 88
   Ja, dieses italienische Mädchen (HK) · 89
Anacreon · 90
   Anakreon (Original von J.W.L. Gleim) · 91
To a political animal · 92
   An einen neoliberalen Politiker (RH) · 93
Talybont · 94
   Talybont (LS) · 95
Idyll · 96
   Idylle (RD) · 97
I, Polyphemus · 96
   Ich, Polyphem (JB) · 97
Borth, Dyfed · 98
   Borth, Dyfed (RF/RD) · 99
Letter from West Wales · 100
   Brief vom Westen Wales (UD) · 101
Theodicy · 102
   Theodizee (RD) · 103
Black is the colour of hope · 104
   Schwarz, Farbe der Hoffnung (HK) · 105

Three polaroid poems · 106
   Drei Polaroid-Gedichte (VO/MS, LS) · 107

1.1.1984 · 114
   1.1.1984 (UD) · 115
Parisian dream · 114
   Pariser Traum (JS) · 115

Transvestite Time · 116
   Transvestite Time (JD) · 117
Hipponax pronounces on the miners' strike · 116
   Hipponax über den Streik der Bergarbeiter (AS) · 117
Reds Animals · 118
   Reds Animals (RD) · 119
Remembering Brussels · 120
   Erinnerung an Brüssel (RD) · 121
Near Missolonghi · 120
   Bei Missolonghi (RD) · 121
High in Arcady's hills · 122
   Hoch in den Hügeln Arkadiens (HK) · 123
Some bastards in this life · 124
   Bastarde gibt's (LS) · 125
Nuclear-survivor's night-song · 126
   Nuklearholokaustüberlebenden-Nachtlied (RD) · 127
Explode · 126
   Explodieren (GF) · 127
Swallows · 128
   Schwalben (MK) · 129
Ghazal '85 · 128
   1985 (RF) · 129
Poetic PR · 130
   PR-Arbeit für die Lyrik-Branche (RD) · 131
Anacreon '86 · 132
   Anakreon 86 (LS) · 133
Party on a bridge · 134
   Brückenfest (HK) · 135

Before Chernobyl · 136
   Vor Tschernobyl (VO/MS, AS, JT) · 137

A tragedy · 150
   Eine Tragödie (UD) · 151
Schopenhauer, 200 years old · 152
   Schopenhauer, zweihundertjährig (RD) · 153
Self-pity, summer night · 154
   Selbstmitleid, Sommernacht (UD) · 155

Summer clouds · 156
Sommerwolken (RD) · 157

III PERSEPHONE IN THE UNDERGROWTH
Persephone im Unterholz

Yes, about you · 160
   Doch, über dich (RD) · 161
Actually · 160
   Eigentlich (Original von Karl Krolow) · 161
Cosmogony · 162
   Kosmogonie (ML) · 163
So much is happening · 164
   Aber so vieles geschieht (RD) · 165
Schiller's aesthetic writings · 166
   »Schillers Ästhetische Schriften« (ML) · 167
Overexposed · 166
   Überbelichtet (RD) · 167
Death in Paris · 168
   Tod in Paris (RD) · 169
Net national product at factor cost · 168
   Nettosozialprodukt zu Faktorkosten (RD) · 169
Male ars poetica · 170
   Männliche Ars Poetica (RD) · 171
On Truth · 172
   Über die Wahrheit (RD) · 173
Rondeau · 174
   Rondeau (RD) · 175
Not a pictorial poem · 176
   Kein Bildgedicht (RD) · 177
Chartreuse de la Verne · 180
   Chartreuse de la Verne (RD) · 181
Wiltshire countryside · 182
   Die Grafschaft Wiltshire, landeinwärts (HP) · 183
Never say ›like‹ again · 186
   Sag nie wieder ›wie‹ (LS) · 187

Neo-classical torso · 188
　Torso, neoklassisch (ML) · 189
Fairy-tales need children · 190
　Märchen brauchen Kinder (RMM) · 191
Not on the nature of evil · 190
　Nicht vom wesen des übels (RK) · 191
Claire at three · 192
　Claire mit drei (VO/MS) · 193
Carlotta, 22 months · 192
　Carlotta mit 22 Monaten (RD) · 193
Footnote on Progress · 194
　Randnotiz zum Fortschritt (RD) · 195
Odysseus · 194
　Odysseus (MK) · 195
Lenau · 196
　Lenau (JS) · 197
Oceanus Hopkins · 198
　Oceanus Hopkins (RD) · 199
Friend of Bill · 200
　Bill's Freund (GF) · 201
A schizophrenic's painting · 202
　Bildnis eines Schizophrenen (WHF) · 203
In the bright shadow of Epicurus · 202
　Im Schatten Epikurs (RD) · 203
The form of the future · 204
　Das Versmaß der Zukunft (RD) · 205
The postpostreader · 206
　Der Postpostleser (RD) · 207
840 moons · 208
　840 monde (RK) · 209
For Elizabeth Jennings · 210
　Für Elizabeth Jennings (RD) · 211
Deregulation at every turn · 210
　Wettbewerbsfreiheit an jeder Ecke (HK) · 211
One more dead white male · 212
　Ein weiterer toter weiszer Mann (FM) · 213
Thoughts at a funeral mass · 214
　Gedanken bei einem Begräbnis (LS) · 215

Heavy foehn · 216
  Starker Föhn (TR) · 217
Underneath Barbury Castle · 218
  Unterhalb von Barbury Castle (RMM) · 219
Moment from a happy day · 220
  Moment eines glücklichen Tages (JB) · 221
Pretty spaced out · 222
  Pretty Spaced Out (RD) · 223
Tropical cocktail · 224
  Tropischer Cocktail (RD) · 225
Dante Alighièri: Engulfing Grace · 226
  O überreiche Gnad'! (Original von Dante / Streckfuß) · 227
The Dante one deserves · 228
  Dante-Übertragung (RD) · 229
Persephone in the undergrowth · 230
  Persephone im Unterholz (GF) · 231

IV Sonnets from the Nihilese
Sonette aus dem Nihilistischen

I e-mail · 234
  I eMail (UD) · 235
II Not just another Shelley · 236
  II Mehr als irgendein großer Dichter (RH) · 237
III An afterlife · 238
  III Ein Leben nach dem Tod (WD) · 239
IV Heart of Darkness · 240
  IV Herz der Finsternis (JB) · 241
V The thirteen decades in a century · 242
  V Dreizehn Jahrzehnte – ein Jahrhundert (HME) · 243
VI When they slipped ... · 244
  VI Als sie dir jene Augenbinde ... (RH) · 245

Anmerkungen · 247
Die Übersetzer · 254
Quellennachweis · 255